MAXIMILIAN POLLUX

Die Zimtrevolution

EINE AUSSERGEWÖHNLICHE WEIHNACHTSGESCHICHTE

Illustrationen von Juli Waich

Community EDITIONS

Für meine Mutter, die stärkste Frau, die ich kenne.
Und für Cat, die mein Leben gerettet hat.
Ohne euch gäbe es dieses Buch nicht.
Ich liebe euch.

Maximilian Pollux wurde u. a. wegen Raubüberfällen auf Drogenhändler zu 13 Jahren Haft verurteilt. Die Zeit im Gefängnis nutzte er, um zu reflektieren und an sich zu arbeiten – und um dieses Kinderbuch zu schreiben. Heute engagiert sich Pollux als systemischer Anti-Gewalt-Trainer und arbeitet mit Jugendlichen in Schulen und Jugendhäusern, aber auch in Gefängnissen. In Podcasts und auf seinem YouTube-Kanal spricht er ohne Zurückhaltung über seine kriminelle Vergangenheit.

Inhaltsverzeichnis

Kapitel 1

Das Geheimnis

Der Schnee knirschte leise, als sie sich vorsichtig ein Stück nach vorne schob. Von ihrem verstecktem Platz aus konnte Lea alles ganz genau sehen. Sie hatte die komplette Bühne im Blick. Die Tannenbäume im Hintergrund, die riesigen rot-weißen Zuckerstangen, die an den Seiten aufgestellt waren, und vor allem den Ledersessel, der genau in der Mitte stand. In wenigen Minuten musste es so weit sein.

Leas Beobachtungspunkt lag etwa 15 Meter von der Bühne entfernt auf dem Dach eines Glühweinstandes. Als der Besitzer des Standes für einen Moment lang abgelenkt gewesen war, war sie über die Wassertonne aufs Dach geklettert.

Lea war außerordentlich geschickt und alle in der Schule wussten, es gab kein Hindernis, das sie nicht überwinden konnte. Gut, einmal war sie, beim Versuch, den hohen Apfelbaum im Schulhof zu bezwingen, abgestürzt. Die Bruchlandung war furchtbar gewesen, denn Lea war nicht nur genau auf ihrem Hintern gelandet, es hatten auch noch alle gesehen.

Anstatt sich jetzt jedoch zu schämen, klopfte sich Lea den Staub von der Hose und lachte. Der Apfelbaum und sie blieben vorerst Rivalen, aber Lea nahm sich vor, ihn im nächsten Jahr, wenn sie ein paar Zentimeter gewachsen wäre, zu bezwingen.

Auf den Glühweinstand hinaufzukommen, war hingegen kein Problem gewesen. Den Platz hatte Lea sorgfältig ausgewählt. Auf dem ganzen Weihnachtsmarkt gab es keinen Stand, von dem aus man die Bühne besser beobachten konnte, ohne selbst gesehen zu werden. Lea war aufgeregt. Seit über einer Woche beschäftigte sie sich jetzt schon mit diesem ganz bestimmten Thema und heute würde sich hoffentlich alles klären.

Es hatte damit begonnen, dass Ole, einer der besten Schüler der Klasse, damit geprahlt hatte, alle seine Weihnachtsgeschenke bereits gesehen zu haben. Zwar waren sie eingepackt gewesen, doch er behauptete, er habe das Geschenkpapier vorsichtig geöffnet und darunter genau die Spiderman-Actionfigur entdeckt, die er sich zu Weihnachten wünschte. Deshalb wusste er, dass es sich um seine Geschenke handelte.

Der springende Punkt jedoch war, WO Ole dieses Geschenk gesehen hatte.

Nämlich im Schlafzimmer seiner Eltern! Diese waren nicht zu Hause gewesen, und als er und sein Bruder verstecken spielten, hatte Ole zufällig den Haufen Geschenke entdeckt. Verborgen im Schrank seiner Eltern. Diese Nachricht schlug in der Klasse ein wie eine Bombe. Es gab wohl kein Kind, das an diesem Tag nicht das Schlafzimmer seiner Eltern auf den Kopf stellte. Auch Lea wagte sich in das Zimmer ihrer Mutter, als diese abends unter der Dusche stand. Leas Vater war kurz nach ihrer Geburt gestorben, und sie und ihre Mutter bewohnten die kleine Wohnung zu zweit.

Schnell, aber gründlich suchte Lea nach Hinweisen auf die Geschenke. Dabei plagte sie ihr schlechtes Gewissen. Ihrer Mutter würde diese Suche ganz sicher nicht gefallen, aber Leas Neugier war einfach zu groß. Sie nahm sich vor, die nächsten Tage ganz besonders brav zu sein, um diesen kleinen Vertrauensbruch wiedergutzumachen. Mit einem Ohr auf die Dusche achtend, durchsuchte sie das Schlafzimmer.

Nichts!

Enttäuscht musste Lea feststellen, dass ihre Geschenke hier nicht zu finden waren. Obwohl sie den Rest der Dreizimmerwohnung in- und auswendig kannte, suchte sie auch hier in allen möglichen Verstecken.

Nichts!

Der Keller!, fiel ihr ein. Mit der Erklärung, sie müsse noch schnell einen Sticker auf ihr Fahrrad kleben, verließ Lea die Wohnung und rannte in den Keller hinab. Die Antwort ihrer Mutter, die gerade ihr Haar föhnte, hörte sie bereits nicht mehr. Oft war ihr der Keller gruselig vorgekommen, aber heute hatte sie keine Zeit für Furcht. Entschlossen öffnete sie das kleine Vorhängeschloss und die Tür aus Holzlatten glitt quietschend auf. Mit fliegenden Fingern durchstöberte sie jeden Karton und schaute hinter jedes Brett.

Nichts!

Verschwitzt und mit Staubflusen im Haar verließ Lea den Keller. Sie nahm sich vor, Ole am nächsten Tag genauer auszuquetschen. Vielleicht hatte er gelogen. Er war schon öfter wegen kleinerer Flunkereien aufgefallen. Den ganzen Weg zurück in den dritten Stock, wo sie mit ihrer Mutter lebte, schämte sich Lea für das Durchstöbern der Wohnung. Und es war auch noch völlig umsonst gewesen. Sie zog die Nase kraus und nahm sich vor, so etwas nicht mehr zu tun.

Als sie jedoch am nächsten Morgen in die Schule kam, wurde ihre Verwirrung nur noch größer. Drei weitere Kinder, Louise, Hanna und Joshua, hatten ebenfalls ihre Geschenke entdeckt. Joshua im Keller, die anderen beiden auch im Schlafzimmer. Alle anderen Kinder hatten keine Spur ihrer Geschenke gefunden. Das Ganze wurde immer seltsamer.

Wieso waren die Geschenke bereits vor Heiligabend im Haus? Woher kamen sie und was war mit den Kindern, die keine Geschenke zu Hause gefunden hatten?

Es gab eigentlich nur einen, der die Antworten auf all diese Fragen kennen konnte, und auf genau den wartete Lea nun auf dem Dach des Glühweinstandes. Sie wusste leider noch nicht, wie sie ihm ihre Fragen stellen würde, ohne zugeben zu müssen, dass sie das Zimmer ihrer Mutter durchwühlt hatte. Denn was würde der Weihnachtsmann davon halten? Wohl eher nichts. Und sie wollte ihre Aussicht auf Geschenke auf keinen Fall ganz verspielen. Deswegen hatte sie vor, erst einmal zu beobachten, und dann im geeigneten Moment … würde ihr schon etwas einfallen.

Während sie so auf dem Bauch liegend nachdachte, kam plötzlich Bewegung in die Menge, die sich vor der Bühne versammelt hatte. Die Kinder im Publikum reckten die Hälse und tatsächlich raschelte es zwischen den Tannenbäumen hinter der Bühne und der Weihnachtsmann trat hervor. Er trug einen rot-weißen Mantel. Der lange weiße Bart wehte im Wind und mit Mühe zog er einen riesigen, schweren Leinensack hinter sich her. Ein ehrfürchtiges Staunen ging durch die Menge und die Augen der umstehenden Kinder glänzten. Langsam nahm die majestätische Gestalt auf ihrem Ledersessel Platz.

Lea kaute nervös auf ihrer Unterlippe. Jetzt brauchte sie nur noch eine gute Idee, wie sie dem Weihnachtsmann ihre Fragen stellen konnte.

Mitten auf dem Tisch stand ein kleines, in silbern glänzendes Papier eingewickeltes Päckchen. An dessen Oberseite war eine rote Schleife befestigt. Sie gab dem kleinen Paket ein feierliches Aussehen und machte klar, dass es sich dabei um ein Geschenk handelte.

Alle Kinder, und wohl auch die meisten Erwachsenen, hätten an diesem Anblick ihre Freude gehabt. Doch wie gesagt, wohl nur die meisten Erwachsenen. Der Erwachsene, der im Moment auf das Päckchen auf seinem Schreibtisch starrte, gehörte nicht zu ihnen. Sein Name war Siegbert Zwickenpflug und er war der oberste Steuerbeamte in der Hauptstadt.

Düster blickte er das Päckchen über den Rand seiner runden, schwarzen Brille hinweg an.

„Schon wieder!“, knurrte er gerade. „Mit mir kann man es ja machen. Tja, falsch gedacht! Dieses Jahr werde ich das Ganze zu verhindern wissen!“ Siegbert Zwickenpflug schnaubte.

Mit der flachen Hand schlug er auf den Tisch, um dem Päckchen zu zeigen, wie ernst er es meinte. Während seines Wutausbruchs zitterte nicht nur sein dünner Schnurrbart, auch sein Toupet verrutschte, sodass man seine Glatze sehen konnte. Sie glänzte mit dem Päckchen um die Wette. Nervös rückte Zwickenpflug sein Toupet wieder zurecht. Dabei blickte er sich verstohlen um. Zum Glück hatte niemand etwas gesehen. Das war nicht wirklich eine Überraschung, schließlich war er ja ganz allein in seinem Büro. Nur er und das kleine, silberne Paket.

Heute war der 23. Dezember und morgen würde unter jedem Weihnachtsbaum ein solches oder ähnliches Geschenk liegen. Ein Gedanke, der ihm Übelkeit verursachte. Ihm wurde so heiß, dass er seinen geliebten Pullunder auszog.

„Ich werde persönlich dafür sorgen, dass es dieses Jahr anders kommt“, brummte er fest entschlossen, während er seine Brille, die ihm fast von der Nase gerutscht wäre, wieder zurückschob. Siegbert Zwickenpflug war wahrscheinlich (ganz sicher!) nicht der netteste Mensch auf dem Planeten. Er hielt ganz offensichtlich nichts von Geschenken. Süßigkeiten drehten ihm den Magen um und mit Musik konnte man ihn jagen. Tiere mochte er nur gebraten und wenn es etwas gab, was er wirklich verabscheute, dann waren das Kinder.

FINANZBERICHT
J F M A M J J A S O N D
2001
2002
A-C
D-F
G-I
J-L
M-O
Q-S
T-W
XYZ
GESUCHT
1. Platz
im
POST
ZWICKENPFLUG
37

GEHEIM
extra
2006
2007
2008
2009
2010
2011
2012
2013
2015
2014
2016
2017
2018
2019
2020
FINANZ BERICHT
FINANZEN 1
ANALYSIS
GEOMETRIE
ALGEBRA
FINANZEN 2
Alles über Geld
Internationales Finanzrecht
Fische
Sparen
Zeug
STOCHASTIK
VEKTOREN
PAPIER
PAPIER
wichtig
unwichtig
Krimskram
Sachen
egal
Briefe
Köder
Zeugs
KONFISZIERT
KONFISZIERT
STEUER ZETTEL
18
2
84
FINANZEN

Einen Sympathiepreis würde er wohl nie gewinnen und Freunde wollte er keine. In einer Sache war Siegbert Zwickenpflug jedoch hervorragend – und zwar im Rechnen. Schon als Kind, obwohl er selbst sicher abstreiten würde, je ein Kind gewesen zu sein, war er gut in Mathe gewesen. Er schrieb nur Einsen und gewann sogar den Schulwettbewerb im Kopfrechnen.

Manche behaupteten, Zwickenpflug hatte nur so gut rechnen gelernt, weil er unglaublich geizig war. Das war natürlich nur ein Gerücht und keine Menschenseele wusste Genaueres. Sicher hingegen war, dass seine Fähigkeit, alles bis ins letzte Krümelchen genau auszurechnen, ihm in seinem jetzigen Beruf von großem Nutzen war.

Zwickenpflug arbeitete im Finanzamt. Dort wurden alle Steuergelder eines Landes verwaltet.

Seit er als Kind in der Schule von diesen sogenannten Steuern gehört hatte, wollte er im Finanzamt arbeiten.

Der Lehrer hatte erklärt, dass jede Bürgerin und jeder Bürger eine Zwangsabgabe namens Steuer entrichten musste. Diese Steuergelder bildeten die Haupteinnahmequelle des Staates.

Wer berechnete denn so etwas Wundervolles, hatte sich der kleine Zwickenpflug gefragt. Sein Traumberuf war gefunden! Von diesem Tag an wusste er, dass er der Richtige für den Job war.

Schnell fand er heraus, dass es Dutzende verschiedener Steuern gab. Hier in diesem Land allein 232. Der Staat bezahlte von den Steuereinnahmen Schulen, Krankenhäuser und auch Straßen und Brücken.

Doch was genau der Staat mit dem Geld machte, interessierte Zwickenpflug herzlich wenig. Bei seiner Arbeit fürs Finanzamt zählte für ihn nur, dieses Geld zu bekommen. Nie verrechnete er sich und nie ließ er jemanden, der auch nur einen einzigen Cent schuldete, entkommen.

Der Minister, für den er arbeitete, schätzte das an ihm und Zwickenpflug wurde immer wieder befördert. Bald war er der oberste Steuerbeamte im

√(a²+b²)
=c
50
URKUNDE
1. Platz
Kopfrechnen
Bester Schüler
Mathematik

ganzen Land. Hinter seinem Rücken wurde er mittlerweile der König der Erbsenzähler genannt.

Auch seinen neuesten Plan hatte Zwickenpflug aufgrund genauer Berechnungen entwickelt. Schon vor Längerem war ihm aufgefallen, dass es jedes Jahr zur Weihnachtszeit große Unstimmigkeiten in seinen Unterlagen gab. Die roten Zahlen in den Bilanzen sorgten für graue Haare bei sämtlichen Angestellten. Sein Toupet überstand die schwierige Zeit zwar ohne Farbverlust, dennoch blieb die Tatsache, dass das Amt ins Minus rutschte.

Mit einfachen Worten: Es fehlte Geld!

Trotz intensiver Nachforschungen konnte nicht geklärt werden, weshalb die Rechnung nicht aufging. Bis schließlich vor einer Woche der entscheidende Hinweis aufgetaucht war.

Zwickenpflug, der das Finanzamt nur sehr ungern verließ, hatte noch einen abendlichen Rundgang durch die Büros gemacht und war dabei rein zufällig auf das „Beweisstück A“ gestoßen. Selbstzufrieden warf er einen kurzen Blick auf das vor ihm stehende silberne Päckchen.

Vom ersten Augenblick an war ihm das Päckchen verdächtig vorgekommen, wie es da, beinahe nicht zu sehen, hinter der Kaffeemaschine stand. Sicherheitshalber hatte Zwickenpflug es an sich genommen

Als er am nächsten Tag in den Büros nachfragte, gehörte das silberne Paket mysteriöserweise niemandem. Erst als eine der Sekretärinnen einwarf, dass es doch aussehe wie ein Weihnachtsgeschenk, fiel es Zwickenpflug wie Schuppen von den Augen: Der Grund für die alljährlich wiederkehrenden roten Zahlen waren die Weihnachtsgeschenke!

Zwickenpflug hatte mit Weihnachten nie etwas am Hut gehabt und sich deshalb auch nie gefragt, woher die Geschenke kamen. Erst jetzt, nachdem dieses silberne Ungetüm wie aus dem Nichts aufgetaucht war, befasste er sich mit den Fragen: Wer brachte all diese Weihnachtsgeschenke? Und was noch viel wichtiger war: Wieso um alles in der Welt bezahlte derjenige keine Steuern? Denn es war doch so: Jedes Mal, wenn jemand etwas kaufte, bezahlte er auch gleichzeitig Steuern, die waren im Preis inbegriffen. Da nun aber jedes Jahr um die Weihnachtszeit Geld bei den Einnahmen des Finanzamtes fehlte, musste es so sein, dass derjenige, der die Weihnachtsgeschenke brachte, keine Steuern bezahlte. Aber Siegbert Zwickenpflug würde nicht der König der Erbsenzähler genannt werden, wenn er nicht schon eine Idee hätte, um die Schulden des Geschenkebesorgers einzutreiben.

Und heute war der entscheidende Tag. In wenigen Minuten würde Zwickenpflug dem Minister von seinem großen Plan erzählen und dann … Ja dann, wenn sein Plan aufging, war alles möglich. Vielleicht würde er sogar selbst zum Minister befördert werden? Bei diesem Gedanken begann sein Schnurrbart zu zittern.

Nervös nahm er den Hörer ab und wählte auf der Telefonanlage die Durchwahl seiner Sekretärin, Frau Maldonado.

„Ja, Herr Zwickenpflug?", schepperte ihre Stimme aus dem Hörer.

„Wie steht es mit der Videokonferenz? Können wir endlich anfangen?", schnauzte Zwickenpflug. „Ich nehme doch an, der Minister ist bereits informiert."

Zwickenpflug hielt sich nie lange mit Begrüßungen auf. Um ehrlich zu sein, er hatte sogar ein wenig Angst vor Frau Maldonado und versuchte daher, diese Angst mit seinem strengen Auftreten zu überspielen. Sie war eine resolute, ältere Frau, die schon vor seiner Zeit in diesem Büro gearbeitet hatte. Manchmal hatte er sogar den Eindruck, dass sie sich über ihn lustig machte. Doch erstens erledigte sie ihre Aufgaben gewissenhaft und kam immer pünktlich zur Arbeit und zweitens war sie groß und kräftig. Sie würde also bleiben. Wahrscheinlich würde sie sogar länger als er selbst in diesem Büro hier arbeiten. Aus all diesen Gründen erschien es ihm klüger, sich nicht mit ihr anzulegen.

„Die Videokonferenz kann sofort beginnen, Herr Zwickenpflug." Frau Maldonados schrille, viel zu laute Stimme riss ihn aus seinen Gedanken.

„Gut, dann lassen Sie uns anfangen", knurrte er.

Mit einer Fernbedienung schaltete er den großen Flachbildschirm an der Wand ein. Noch einmal rückte er die Brille auf seiner Nase zurecht und dachte an seinen Plan. Ein böses Lächeln erschien unter dem Schnurrbart und während Siegbert Zwickenpflug darauf wartete, dass der Minister auf dem Bildschirm auftauchte, blickte er drohend auf das kleine, silberne Päckchen.

„Potztausend, Zwickenpflug!", brüllte der Minister, als sein zorngerötetes Gesicht endlich auf dem Flachbildschirm erschien. „Was ist denn so wichtig, dass Sie mich stören müssen?"

Dieser Zwickenpflug war ein ausgefuchstes Kerlchen, überlegte der Minister, und sicher hatte er eine Idee, wie sich das ein oder andere

Sümmchen dazuverdienen lassen würde. Also würde er ihm wohl oder übel zuhören müssen

„Nun erzählen Sie doch endlich!“, forderte der Minister ungeduldig.

„Jawohl, Herr Mister … äh Minister“, begann Zwickenpflug stotternd, während ihm die Brille von der Nase rutschte. Im letzten Moment fing er sie wieder auf und schob sie zurück. Vor sich hatte er die Unterlagen ausgebreitet, die seinen genialen Plan beschrieben. Nachdem er sie zum hundertsten Mal geordnet hatte, begann er endlich zu sprechen: „Also, äh, seit einiger Zeit beobachte ich einen großen, äh riesigen, einen geradezu gewaltigen Fall von Steuerhinterziehung. Ich spreche von Betrug! Jawohl, Betrug! Uns entgehen Millionen, wenn nicht noch mehr. Wie ich in mühevoller Kleinarbeit herausgefunden habe, steckt ein einzelner Mann hinter dem Ganzen. Und jetzt haben wir endlich die Chance, diesen Schwerverbrecher ein für alle Mal, ähm, zur Verrechenschaft, ich meine Rechtantwortung, also ähm, auf jeden Fall dingfest zu machen.“

Zwickenpflugs Kopf war knallrot angelaufen, während er sich so in Rage geredet hatte, und nun schlug er mit der flachen Hand auf den Tisch. „Es ist an der Zeit, dass wir den Machenschaften dieses Superschurken ein Ende bereiten.“

„Von wem sprechen Sie eigentlich, Zwickenpflug?“, unterbrach ihn der Minister. „Sagen Sie schon seinen Namen und wo wir ihn finden können!“

Der Minister war aufmerksam geworden, als er das Wort „Millionen“ gehört hatte. Seiner Meinung nach konnte man nie genug Geld haben und dabei noch einem Superschurken das Handwerk zu legen, das würde ihm sicher viele Wählerstimmen bringen. Und wie immer standen die nächsten Wahlen kurz bevor.

Nervös ruckelte Zwickenpflug auf seinem Schreibtischstuhl. „Leider kennen wir seine wirkliche Identität nicht“, gab er zu. „Und wir wissen auch nicht genau, wo er sich aufhält.“

GLÜH

„Was? Wie? Wir haben weder Namen noch Adresse? Wie wollen wir den Kerl dann verhaften lassen?", fragte der Minister erschrocken. In Gedanken sah er die schönen Millionen bereits wieder davonfliegen.

„Wir wissen, wie die Person aussieht", antwortete Zwickenpflug. „Wir wissen, wie sie genannt wird, und wir haben eine Menge Hinweise zu ihrem Aufenthaltsort. Falls wir sofort zuschlagen, stehen unsere Chancen gut, die Person zu erwischen. Leider gibt es mehrere Doppelgänger und die müssten wir auch erst einmal festsetzen, später werde ich dann persönlich herausfinden, wer der Gesuchte ist."

Auf dem Gesicht des Ministers spiegelte sich seine Überraschung wider. „Reden sie schon, Mann! Wen suchen wir?!"

Zwickenpflug lächelte böse, als er den verwirrten Ausdruck des Ministers bemerkte. „Herr Minister, der Name des Verdächtigen ist Father Christmas, Santa Claus oder einfach nur: der Weihnachtsmann."

Es war bitterkalt und Lea fror erbärmlich.

Die Minuten vergingen quälend langsam und obwohl sie vom Dach des Glühweinstandes einen perfekten Blick auf alles hatte, brachte sie das keinen Schritt weiter. Der Weihnachtsmann ließ ein Kind nach dem anderen auf die Bühne kommen, damit es sich auf seinen Schoß setzen und ihm seine Wünsche erzählen konnte. So ging das jetzt schon geraume Zeit und Lea sah nicht, wie sie das näher an die Lösung ihres Rätsels bringen sollte. Um nicht zu erfrieren, denn damit wäre ja niemandem geholfen, beschloss Lea deshalb, ihren Beobachtungsposten zu verlassen.

Fast wäre sie beim Herunterklettern vom Besitzer des Standes erwischt worden, doch als der laut „Stehen bleiben!" rief, dachte sie nicht daran und flitzte stattdessen durch die Menge davon.

Sie hatte genug gesehen. Ihr war klar, sie musste näher heran, wenn sie wirklich etwas erfahren wollte. Deshalb begann sie nun, sich von hinten durch die Christbäume, die hinter der Bühne standen, an den Weihnachtsmann heranzuschleichen. Der gab jedem der Kinder auch noch ein kleines Geschenk aus seinem Sack. Vielleicht sollte sie einfach in der Nähe des Sacks auf ihn warten. Wenn er dann irgendwann endlich mit alldem fertig war, würde sie ihn zur Rede stellen.

Leas Augen blitzten mutig auf. Sie hatte zwar schon davon gehört, dass weniger brave Kinder auch mal Besuch von einem weniger netten Weihnachtsmann bekamen, doch sie fürchtete sich nicht. Immerhin war sie eigentlich das ganze Jahr über ziemlich brav gewesen. Bis auf ein, zwei Ausrutscher versteht sich. In der Schule lief es auch nicht immer ganz glatt, aber die Schule war ja so etwas wie Arbeit, und die Regel, dass man brav sein musste, galt doch nur für die Freizeit, oder?

Plötzlich war sie sich nicht mehr sicher, ob ihre Idee wirklich so gut war. Würde der Weihnachtsmann ihr ohne Weiteres sagen, wo die Geschenke herkamen? Gab es nicht so etwas wie einen geheimen Pakt zwischen Eltern und dem Weihnachtsmann? Was, wenn Lea hier einer Verschwörung auf die Spur gekommen war?

Es half alles nichts, ihre Neugier war einfach zu groß. Lea war ein außergewöhnliches Mädchen. Furcht war ihr zwar nicht fremd, aber sie ließ sich nicht von ihr bestimmen. Die Angst, etwas könne schlecht ausgehen, wurde sofort besiegt von der Hoffnung auf einen wundersam positiven Ausgang. Am Ende würde alles gut, daran glaubte Lea fest.

Langsam stieg sie also die paar Stufen zur Bühne hinauf und schlich zwischen den dort aufgestellten Christbäumen nach vorn. Sie roch die frischen Tannennadeln, und Schnee knirschte unter ihren Stiefeln. Schon konnte sie den Sessel, auf dem der Weihnachtsmann saß, von hinten sehen. Sie war nur etwa fünf Meter entfernt.

Leise ging Lea in die Hocke und beobachtete die wenigen Kinder, die noch in der Schlange neben dem Sessel standen. Es konnte nicht mehr lange dauern.

Obwohl es so kalt war, dass sie ihren Atem in kleinen Wölkchen sehen konnte, wurde ihr bei dem Gedanken, bald mit dem Weihnachtsmann sprechen zu können, ganz warm. Lea begann sich ihre Worte genau zurechtzulegen. Sie wollte dem Weihnachtsmann so schnell wie möglich klarmachen, warum sie ihm hier auflauerte.

Während sie so dasaß, verließ ein Kind nach dem anderen die Bühne. Jedes bekam ein kleines Geschenk und der Sack leerte sich allmählich. Hin und wieder hörte Lea das bekannte „HO-HO-HO!“ des Weihnachtsmanns und alles schien vollkommen normal.

Dann geschah es.

Zuerst hörte sie nur ein fernes Flattern, eine Art Rauschen, das schnell näher kam. Es wurde immer lauter und Lea suchte den mittlerweile dunklen Abendhimmel mit ihrem Blick ab.

Da, ein Hubschrauber!

Im selben Moment, in dem Lea begriff, woher der Lärm kam, leuchtete ein gleißender Lichtstrahl mitten auf den Weihnachtsmann. Für einen Augenblick war Lea vom Scheinwerferlicht des Helikopters geblendet und ihr Haar flatterte wild im Wind, den die Rotoren erzeugten. Trotz des ohrenbetäubenden Lärms hörte sie einige der Kinder schreien, während ihre Eltern sie so schnell wie möglich von der Bühne zerrten.

Der Pilot hatte doch nicht wirklich vor, genau hier zu landen?! Oder doch?

Plötzlich ertönte eine knarzende Stimme durch ein Megafon: „Keine Bewegung! Steuerfahndung! Wir haben alles unter Kontrolle!“

Lea hatte keine Ahnung, was hier vor sich ging. Sie wusste nicht, was eine Steuerfahndung war, und dass hier irgendjemand alles unter Kontrolle hatte, konnte sie nicht so recht glauben. Aber was auch immer hier passierte, es hatte nichts mit ihr zu tun. Gerade als sie sich umdrehen und davonlaufen wollte, erstrahlte auch hinter der Bühne ein Scheinwerfer, und im selben Moment hörte sie das Getrappel schwerer Stiefel, die die Treppe hinaufstürmten. Nur eine Sekunde später sah sie die dazugehörigen Männer. Sie waren komplett schwarz gekleidet und jeder trug einen riesigen Helm. Lea musste beinahe lachen, als der erste der Männer, scheinbar vom Gewicht seines Helms nach vorn gezogen, stolperte und die nachfolgenden beiden über ihn fielen. Trotz dieser Unterbrechung würden sie gleich hier sein und dann würde Lea erklären müssen, was sie hier hinten zu suchen hatte. Ihr Lächeln erstarb. Sicher würden sie ihre Mutter anrufen und der Ärger wäre vorprogrammiert. Darauf hatte Lea überhaupt keine Lust. Sie brauchte ein Versteck, und zwar sofort! Blitzschnell traf sie eine folgenschwere Entscheidung.

Kurz darauf schafften es die Riesenhelme, sich aufzurappeln und auf die Bühne zu stürmen. Der Weihnachtsmann schien von dem ganzen Schauspiel so überrumpelt, dass er immer noch regungslos auf dem roten Ledersessel saß.

„Keine Bewegung!“, blaffte einer der Riesenhelme den vollkommen verdutzten Weihnachtsmann an. „Im Namen der Steuerfahndung, Sie sind verhaftet!“

Der brüllende Riesenhelm trug einen glänzenden goldenen Stern auf der Brust. Seine Kollegen standen mit wackelnden Helmen im Halbkreis um den Sessel.

„Aber meine Herren, das muss ein Missverständnis sein. Ich ...“ Weiter kam der Weihnachtsmann nicht, denn schon wurde er zwischen den Tannen hindurch nach hinten gestoßen.

SF53

AUFHAUS
GLÜHWEIN

„Los oder soll ich dir Beine machen?" Einer der Riesenhelme hielt einen Knüppel, den er drohend in seine behandschuhte Hand schwingen ließ.

„Schon gut", versicherte der Weihnachtsmann schnell. „Immer mit der Ruhe, junger Mann, ich folge Ihnen." Stolpernd stieg der Weihnachtsmann die Metalltreppe hinunter und wurde sofort in den hinteren Teil eines neben der Bühne wartenden Kleinbusses gesetzt.

Wieder ertönte die Megafonstimme aus dem Helikopter: „Bitte weitergehen, es gibt nichts zu sehen! Danke für Ihr Verständnis."

Die Eltern, von denen einige noch vor dem Podium standen, hielten ihre Kinder an sich gepresst. Ein Junge weinte. Alle hatten Angst.

Nun sprach der Riesenhelm mit dem goldenen Stern in ein Funkgerät: „Die Operation ist erfolgreich ausgeführt. Verdächtiger in Gewahrsam. Jawohl, Sir … Beweismittel sichern!", brüllte er einem der anderen Riesenhelme zu. Dieser erschrak, verlor das Gleichgewicht und wäre um ein Haar von der Bühne gestürzt. Im letzten Moment konnte er seinen gewaltigen Helm unter Kontrolle bringen und begann, sich nach Beweismitteln umzusehen.

„Sheriff, der Sack!", rief er. „Ich denke, wir sollten den Sack mitnehmen."

„Sie sollen nicht denken, Sie sollen handeln!", blaffte der Sheriff zurück.

„Jawohl, Sir!"

Bei diesen Worten zuckte Lea zusammen. Vielleicht war ihr Versteck doch nicht so klug gewählt. Durch den braunen Stoff hindurch konnte sie zwei der Riesenhelme auf sich zukommen sehen.

Lea hatte Glück im Unglück. Keiner der Riesenhelme kam auf die Idee, in den Sack hineinzusehen, und so blieb sie vorerst unentdeckt. Jedoch wurde der Sack alles andere als vorsichtig abtransportiert. Offensichtlich mussten Beweismittel nicht sehr schonend behandelt werden, denn die Riesenhelme zerrten den Sack einfach hinter sich her. Lea überlegte kurz, ob es nicht doch besser wäre, sich bemerkbar zu machen.

Gerade als sie etwas ähnlich Kluges wie „Hallo, ich bin hier drin und ich bin gar kein Beweismittel!“ rufen wollte, wurde der Sack jedoch die Bühnentreppe hinuntergezogen. Dabei knallte Lea auf jede einzelne Stufe und ihr blieb die Luft weg. In dem Sack befanden sich ja noch allerhand kleine Geschenke, zwischen denen sie jetzt herumpolterte. Das würde sicher einige blaue Flecken geben. Zu allem Überfluss wurde der Sack jetzt auch noch angehoben und irgendwo hineingeworfen. Leas Körperhaltung in dem Sack erinnerte nun an die eines Breakdancers, der sich auf dem Kopf dreht – dennoch verharrte sie regungslos.

Nachdem sie eine Autotür knallen hörte, wagte sie kaum mehr zu atmen. Als jetzt auch noch ein Motorengeräusch zu vernehmen war, bekam Lea wirklich Angst. Wo würde man sie hinbringen?

Plötzlich hörte sie ein lautes Seufzen. Gespannt hielt sie die Luft an. Da war es wieder, erst ein Seufzen, dann ein Schniefen.

Von ihrer Beinahe-Kopfstand-Position aus konnte Lea nicht durch den Stoff blicken und langsam wurde ihr sogar ein bisschen schwindlig. Ob sie sich zu erkennen geben sollte?

Wieder hörte sie einen tiefen Seufzer und sie beschloss, das Risiko einzugehen. Wer immer da so traurig war, er klang nicht wie einer dieser fiesen Helmköpfe. Sie begann also, sich aus ihrem Sack zu befreien. Prustend und schimpfend wand sie sich aus dem rauen Leinenstoff heraus. Als sie es endlich geschafft hatte, blickte sie in das erstaunte, ja ungläubige Gesicht des Weihnachtsmanns.

Kapitel 2

Der Schatz

Für einen Augenblick fehlten selbst Lea die Worte. So erstaunt war sie. Genau ihn hatte sie ja treffen wollen! Wenngleich auch nicht unter diesen Umständen.

„Wer um Himmels willen bist du denn?“ Der Weihnachtsmann starrte die mittlerweile ganz aus dem Sack gekletterte Lea immer noch fassungslos an.

Sie musste zugeben, dass sie ziemlich verwildert aussah. Ihre Kleidung war verrutscht und ihre Haare standen ihr in allen Richtungen vom Kopf ab. Ihr Gesicht war rot und sie war vollkommen außer Atem. Also versuchte sie es erst einmal mit einem vertrauenerweckenden Lächeln. „Ich heiße Lea.“

Der Weihnachtsmann wollte aufstehen, wurde jedoch zurück auf den Boden geschleudert, als der Lieferwagen um eine Kurve raste. Auch Lea fiel zurück in den Sack. „Nicht schon wieder!“, schimpfte sie.

Endlich hatte der Weihnachtsmann es geschafft aufzustehen und half nun Lea, aus dem Sack herauszusteigen. „Wie kommst du denn überhaupt da hinein?“, fragte er.

„Ich wollte mit dir, Verzeihung, Ihnen. Ich meine natürlich, ich wollte mit Ihnen reden.“ Lea war ganz durcheinander. „Ich habe ein paar wichtige Fragen und nur du, ich meine, Sie …“ Nervös strich Lea sich die Haare glatt und atmete einmal tief durch. Da hatte sie den ganzen Abend darauf gewartet, den Weihnachtsmann zu befragen, und jetzt, als sie ihre Chance hatte, bekam sie keinen anständigen Satz heraus. Aus Verlegenheit lächelte sie wieder, bevor sie, dieses Mal konzentrierter, fortfuhr: „Ich habe eine dringende Weihnachtsfrage und nur Sie können sie beantworten. Also, Ole aus meiner Klasse, hat gesagt …“

„Aber ich bin doch gar nicht der echte Weihnachtsmann“, unterbrach sie der Weihnachtsmann.

Jetzt war Lea an der Reihe, ungläubig zu gucken. Sie verstummte schlagartig.

„Das ist nur mein Ferienjob“, erklärte der falsche Weihnachtsmann. „Ich bin eigentlich Student. Sieh doch, der Bart ist überhaupt nicht echt.“ Mit einem Ruck zog er sich den Bart, der nur mit einem Gummiband befestigt, war, vom Kopf. Darunter kam ein jugendliches Gesicht zum Vorschein, in dem vereinzelt blonde Bartstoppeln zu erkennen waren. Mit seinen hellen blauen Augen sah er sie schuldbewusst an.

Etwas war seltsam an diesen Augen, dachte Lea. Sie waren sehr hell, ohne dabei wässrig zu wirken. Das Blau darin war tief und kräftig und wirkte irgendwie … älter. Lea fiel kein besseres Wort dafür ein. Bevor sie genauer darüber nachdenken konnte, zog der junge Mann auch noch die rote Mütze vom Kopf und tatsächlich, nicht einmal die weißen Locken waren echt gewesen. Nichts als eine Perücke und eine rot-weiße Zipfelmütze.

Der falsche Weihnachtsmann strich sich einige seiner eigenen, blonden Locken aus dem Gesicht. „Ich heiße Niko“, stellte er sich vor.

Da war Lea aber ganz schön reingefallen. Unter der Verkleidung steckte ein etwa 25-jähriger Mann, der ihre Fragen sicher nicht beantworten könnte. Mit einem Mal wurde sie wütend. Auf sich, dass sie den Schwindel nicht eher bemerkt hatte, und auf Niko, dass er sie hereingelegt hatte. Doch vor allem natürlich auf sich selbst.

„Das ist aber nicht nett, uns Kinder so an der Nase herumzuführen! Wo ist der echte Weihnachtsmann?!“ Zornig baute Lea sich vor Niko auf und

BEI WIDERSTAND
GEGEN DIE
STEUERGEWALT

LEBKUCHEN-
HERZEN
Fuchsschwanz

schimpfte laut: „Warte nur, bis der davon erfährt! Ich glaube nicht, dass ihm das gefallen wird."

Für einen Moment blickte Niko sie nachdenklich an. Dann, ganz unvermutet, lächelte er. „Aber Lea, der Weihnachtsmann weiß natürlich davon. Ich bin eine ganz legale Vertretung. Das ist alles mit ihm abgesprochen, weil er zurzeit einfach viel zu viel zu tun hat. Er kann nicht überall gleichzeitig sein, will aber auch niemanden enttäuschen."

Lea war sich nicht ganz sicher, ob sie Niko vertrauen konnte. Wer einmal schwindelte, der konnte das ja durchaus wieder tun. Trotzdem war sie bereits wieder versöhnlich gestimmt. Es war nicht ihre Art, lange nachtragend zu sein, also fragte sie stattdessen: „Du kennst ihn also persönlich?"

„Klar doch", grinste Niko. „Er hat mir ja diesen Mantel und die Geschenke gegeben."

Mit einem Schlag war Lea nicht nur wieder versöhnt, sie hatte auch wieder Hoffnung, doch noch eine Antwort zu bekommen. „Diese Geschenke kommen also direkt vom echten Weihnachtsmann? Dann weißt du ja sicher, wie ich ihn erreichen ka..." Weiter kam sie nicht, denn genau in diesem Moment stoppte der Lieferwagen abrupt und beide purzelten übereinander. Während Lea sich aufrappelte und vorsichtig ihren Ellbogen befühlte, ertönte von draußen eine strenge Lautsprecherstimme.

„Achtung, Achtung! Dies ist eine Sicherheitszone. Zutritt nur für befugtes Personal!"

Man konnte das metallische Quietschen eines riesigen Tores hören und der Lieferwagen fuhr wieder an.

„Hör zu, Kleines, am besten steigst du erst mal wieder in den Sack. Nur bis wir wissen, was hier los ist. Du bleibst ganz leise und alles wird sich klären. Hoffe ich zumindest."

Niko hatte den Sack bereits angehoben, um Lea beim Hineinsteigen zu helfen, doch die blieb einfach vor ihm stehen.

„Ich bin schon neun Jahre, also nicht mehr klein, und ich steige auch nicht mehr in den Sack. Da drin ist es furchtbar ungemütlich und es stinkt ein wenig. Außerdem musst du zuerst meine Frage beantworten!“

Erneut stoppte der Lieferwagen.

„Komm schon, Lea! Nur so lange, bis wir wissen, was hier los ist“, bat Niko.

Lea sah ihm in die Augen und beschloss, ihm zu vertrauen. Mit seiner Hilfe stieg sie, immer noch etwas widerwillig, in den Sack, und kaum hatte Niko sich wieder an die Wand gelehnt, wurde die Tür aufgerissen.

„Du da, aussteigen!“, blaffte ein Mann. „Na, ohne den Bart, hätte ich dich beinahe nicht erkannt. Hahaha! Beeilung, raus aus dem Wagen!“

Durch den Stoff des Sacks konnte Lea nicht viel sehen, erkannte aber schemenhaft einen der Riesenhelme, der direkt vor der Tür stand.

Niko bewegte sich nicht, sondern fragte stattdessen höflich, was das alles zu bedeuten hatte. Seine Stimme klang dabei nicht besonders zuversichtlich. „Meine Herren, das alles muss eine furchtbare Verwechslung sein. Ich würde gern ihren Vorgesetzten sprechen, um alles aufzuklären – und wo sind wir hier überhaupt?“

„Auch noch frech werden, was!?“ Der Riesenhelm schien nicht zu Gesprächen bereit, und Lea war nun doch froh, im Sack versteckt zu sein. „Raus aus dem Wagen, habe ich gesagt! Nummer 5, das hier ist ein ganz Schlauer. Bring ihn sofort rein und ihr beiden schnappt euch den Sack und verstaut ihn in der Asservatenkammer.“

Niko, der nun doch ausgestiegen war, hob beschwichtigend die Hände, wurde jedoch sofort zur Seite geschoben und verschwand somit aus Leas eingeschränktem Blickfeld. Jetzt wurde der Sack von zwei weiteren Riesenhelmen unsanft aus dem Lieferwagen geworfen und davongeschleppt. Die zwei stöhnten und fluchten über das Gewicht des

Sacks. Zum Glück machte aber keiner der beiden Anstalten hineinzuschauen. In Gedanken machte sich Lea trotzdem bereit, notfalls herauszuspringen und sofort loszurennen. Sie nahm sich vor, zu schreien und zu beißen. Niemals würde sie sich den gemeinen Riesenhelmen ergeben. Das war eine der Besonderheiten an Lea. Geriet sie mal in Schwierigkeiten, war sie deshalb noch lange nicht bereit aufzugeben. Zusammen mit ihrem Glauben daran, dass die Dinge gut ausgehen würden, machte sie das zu einem sehr tapferen Mädchen. Was nicht hieß, dass sie keine Angst gehabt hätte. Lea fürchtete sich sehr, doch sie war eine Kämpferin.

Was hatte der Riesenhelm mit dem Stern gleich wieder gesagt? Die Assafahrtenkammer? Das klang gar nicht gut. Sie wusste zwar nicht, was genau so ein „Assafahrten“ war, aber es klang Furcht einflößend.

Die zwei Riesenhelme hatten Lea über einen Hof in ein Nebengebäude geschleppt. Im Hintergrund erklang immer wieder Hundegebell. Lea liebte Hunde sehr, aber diese hörten sich nicht besonders freundlich an. Sie wusste, war ein Hund böse, lag es immer an dessen Besitzer oder Besitzerin.

„Endlich, da sind wir! Schmeißen wir das Ding einfach rein“, hörte sie nun einen der Riesenhelme schnaufen.

Der Sack, in dem Lea saß, wurde unsanft zu Boden geworfen und kurz darauf knallte eine schwere Tür ins Schloss. So eine Assafahrtenkammer war offensichtlich ziemlich dunkel, denn Lea konnte aus ihrem Sack heraus absolut nichts erkennen.

Da sie nichts sah und auch nichts hörte, nahm Lea an, dass es wohl so schlimm nicht sein konnte. Langsam öffnete sie den Sack und spähte aus ihrem Versteck heraus. Bereit, es mit Assafahrten, Riesenhelmen oder gar Hunden aufzunehmen, ballte sie ihre Fäuste. Der Raum hatte keine Fenster und war stockdunkel. Ein Bein nach dem anderen stieg sie aus dem Sack. Vorsichtig, die Arme nach vorn gestreckt, machte Lea einen Schritt. Das alles war doch sehr seltsam.

Instinktiv dachte sie an die Taschenlampe an ihrem Telefon. Es war vielleicht auch an der Zeit, ihre Mutter anzurufen. Die würde zwar nicht begeistert sein, aber was blieb Lea noch anderes übrig? Wie sonst sollte sie hier wieder rauskommen?

Als sie ihr Handy aus der Jackentasche zog, erlebte sie eine unangenehme Überraschung. Das Display war komplett zersplittert! Es musste passiert sein, als sie im Sack des Weihnachtsmanns die Treppe hinuntergepoltert war. Nichts ging mehr. Alles, was sie auf dem Display sah, war ein dunkles Grau, mit drei dünnen weißen Streifen genau in der Mitte. Das durfte doch nicht wahr sein!

Lea würde wirklich eine Menge Ärger bekommen. Das war bereits das zweite Handy, das ihr kaputtging. Nicht einmal die Taschenlampe funktionierte noch. Sie seufzte und musst sich nun doch im Dunkeln zurechtfinden.

Plötzlich stieß Lea irgendwo gegen und um sie herum prasselten Gegenstände auf den Boden. Etwas traf sie sogar am Kopf. Glücklicherweise war, was immer sie da erwischt hatte, weder besonders groß noch besonders schwer. Lea war anscheinend in eine Art Regal gelaufen und da niemand den Lärm bemerkte, war sie wohl wirklich allein.

Vorsichtig tastete sie sich am Regal entlang. Sie hatte keine Lust, dass ihr doch noch etwas Größeres auf den Kopf fiel. Vielleicht ein Amboss oder eine Bowlingkugel oder gar ein Assafahrt.

Endlich erreichte Lea eine Wand. Blind tastete sie sich daran entlang und fand nach einiger Zeit, was sie gesucht hatte.

Einen Lichtschalter.

Sie drückte ihn und mit einiger Verzögerung blitzte grelles Neonlicht auf. Lea musste blinzeln, doch als sich ihre Augen an die Helligkeit gewöhnt hatten, stellte sie fest, dass der Raum, in dem sie sich befand, riesig war. Beinahe eine Halle. Und was für eine!

Es gab mehrere Reihen mit langen Metallregalen. Jedes davon vollgestellt mit Geschenken aller Art! Große Pakete, kleine Päckchen, Kartons und Tüten in allen Formen und Farben. Auf dem Boden standen Haufen von Säcken, ähnlich dem, in dem sie hier hereingebracht worden war. Überall, wirklich überall, glänzte und leuchtete Geschenkpapier. Knalliges Lila, neben metallischem Gold und Silber. Strahlendes Weiß und alle Farben des Regenbogens.

Lea stand mit offenem Mund da und wusste gar nicht, wo sie zuerst hinschauen sollte. Sie hatte alles Mögliche erwartet, aber das?

Das mussten genügend Geschenke für eine ganze Stadt sein.

Ob die Geschenke von hier aus an alle Kinder verteilt werden? Das erschien Lea äußerst unwahrscheinlich, denn wieso hätte man sie dann vom Weihnachtsmarkt aus überhaupt erst herbringen sollen? Man hätte sie ja auch gleich von dort verteilen können. Außerdem, und das war noch viel wichtiger, wirkten die Riesenhelme nicht gerade wie freundliche Geschenkeverteiler. Dennoch, das hier war ein Geschenkelager.

Morgen auf dem Schulhof würde Ole vielleicht Augen machen. Er hatte nur seine Geschenke gefunden. Lea hingegen hatte einen ganzen Schatz entdeckt.

Sie spielte kurz mit dem Gedanken, eines der Geschenke zu öffnen. Nur um sich davon zu überzeugen, dass es sich wirklich um echte Geschenke handelte. Doch etwas in ihr sträubte sich dagegen. Solange sie nicht wusste, wem die alle gehörten, würde sie auch keines auspacken.

Stolz auf sich selbst, denn ganz leicht fiel es ihr schließlich nicht, den Geschenken zu widerstehen, strich Lea sich die schwarzen Haare aus dem Gesicht. Jetzt musste sie nur noch hier raus! Die dicke Stahltür, durch die sie hereingeschleppt worden war, hatte nicht einmal eine Klinke, und Fenster gab es auch keine. Etwas entmutigt setzte Lea sich auf eins der größeren Geschenke, stützte den Kopf in die Hände und begann nachzudenken. Sie brauchte eine gute Idee, um hier rauszukommen, und eine noch bessere als Ausrede für ihre Mutter.

So verging die Zeit und Lea wurde langsam schläfrig, als plötzlich ein furchtbar lautes Scheppern vom anderen Ende der Halle herübertönte.

Vor Schreck fiel Lea beinahe von dem großen Geschenk, auf dem sie saß. Angespannt lauschte sie in die Richtung, aus der das laute Klappern gekommen war.

Waren da nicht auch Stimmen zu hören? Wie war das möglich? Sie hatte doch den ganzen Raum abgesucht und außer dieser dicken, klinkenlosen Stahltür gab es keinen weiteren Ein- oder Ausgang. Was, wenn die Riesenhelme einen Geheimgang kannten und sie jetzt einkreisen wollten?

Wieder erklang ein Geräusch. Eine Art Poltern, dann ein Rascheln, gefolgt von einem, diesmal deutlich zu erkennenden Stimmengewirr. Lea ging hinter dem blau-weiß gestreiften Riesengeschenk, auf dem sie vorher gesessen hatte, in Deckung. Sie konnte zwei verschiedene Stimmen ausmachen. Die beiden schienen miteinander zu streiten. Einzelne Worte waren jedoch nicht zu verstehen. Da sonst nichts weiter geschah, schlich Lea leise in die Richtung, aus der die Stimmen zu ihr drangen. Schon war sie nur noch zwei Regalreihen entfernt. Auf Zehenspitzen schlich sie die Reihen entlang. Sie hörte etwas, das klang wie ein Paket, das über den Boden geschoben wurde. Näher herangekommen verstand sie nun auch einige Gesprächsfetzen.

„Das will ich hoffen!"

„Ohne dich wären wir nie heruntergefallen."

„Du meinst wohl, wir haben es mir zu verdanken, die Geschenke des Alten gefunden zu haben."

Erst jetzt bemerkte Lea, dass die Stimmen irgendwie seltsam klangen. Viel zu hoch und etwas verzerrt. Wie wenn jemand Helium aus einem Ballon eingeatmet hatte.

Lea war nun beinahe am Ende des Regals angekommen. Bunte Geschenke stapelten sich darin, sodass Lea langsam ihren Kopf am Regal vorbeischieben musste, um etwas zu sehen. Beinahe hätte sie vor Schreck laut aufgeschrien.

Direkt vor Lea an der Wand standen zwei haarige, grüne Gestalten. Beide waren etwa achtzig Zentimeter groß und damit ein ganzes Stück kleiner als Lea selbst. Sie trugen Bermudashorts mit bunten Blumenmustern darauf und dazu grellrote Strickmützen, in die je zwei Löcher geschnitten waren, aus denen zwei lange, grüne Ohren hervorlugten. Die Körper der beiden waren über und über mit kurzem, grün glänzendem Fell bedeckt. Sogar die viel zu großen Füße waren pelzig, was Lea sofort auffiel, da die beiden keine Schuhe trugen.

Zweifellos waren dies die Verursacher des Lärms, denn sie schleiften Päckchen über den Boden und stapelten sie an der Wand aufeinander. Lea sah, dass unter der Decke, in etwa drei Metern Höhe, eine Klappe zu einem Lüftungsschacht angebracht war. Dort mussten die beiden hereingekommen sein, und anscheinend versuchten sie dort auch wieder herauszukommen.

„Der Boss wird ziemlich wütend sein, wenn er von unserer Reise erfährt", sagte einer der beiden gerade.

Obwohl Lea die Stimmen ja schon vorher gehört hatte, zuckte sie zusammen und stieß mit dem Kopf gegen das Regal. Das Geräusch, das sie damit verursachte, war zwar nicht sehr laut, doch die beiden grünen Gestalten hörten es.

Einer der beiden wirbelte mit einer blitzschnellen Bewegung herum und vollführte eine Reihe nicht sehr gefährlich aussehender Karatekicks. Dabei ruderte er mit den Armen und rief: „Wer da?! Komm raus, aber sei gewarnt, ich bin eine ausgebildete Kampfmaschine!" Diese letzte Drohung wurde von einem besonders hohen Tritt in die Luft begleitet. Dadurch verlor der Grünling jedoch das Gleichgewicht und fiel hintenüber in die zuvor so sorgsam aufgestellte Pyramide aus Geschenken, auf der sein Begleiter stand. Polternd fiel die ganze Konstruktion in sich zusammen und vor lauter übereinanderliegenden Geschenken waren die beiden kaum noch zu sehen.

Lea traf eine Entscheidung. Trotz ihres wunderlichen Aussehens schienen die beiden nicht allzu gefährlich zu sein. Also trat sie hinter dem Regal hervor, um ihnen zu helfen, sich aus der Geschenkelawine zu befreien.

Doch die zwei schafften es allein, noch bevor Lea auch nur einen einzigen Karton hätte zur Seite heben können. Kaum standen die Grünlinge wieder auf den Füßen, begannen sie auch schon zu streiten.

„Das ist alles deine Schuld! Du sollst mir nicht zu nahe kommen, wenn ich kämpfe!“, schimpfte der eine.

Erst jetzt, als Lea direkt vor ihnen stand, bemerkte sie, dass die beiden nicht genau gleich aussahen. Der Schimpfende hatte spitze, nach oben aus der Mütze herausstehende Ohren, während der andere Schlappohren hatte, die durch die Löcher in der Mütze heraushingen. Der mit den Schlappohren blickte freundlich drein.

Sein spitzohriger Begleiter dagegen machte einen verwegenen, frecheren Eindruck. Zwischen den Lippen lugte ihm sogar ein glänzender, spitzer Eckzahn hervor.

„Wieso denn meine Schuld? Hättest du auf mich gehört, wären wir nie in diese Lage gekommen. Der Boss wird sehr wütend sein“, verteidigte sich der mit den Schlappohren. Doch davon wollte Spitzohr-Raffzahn

Die r Betrieb
st seit 2
Tag n unfallfrei
GLAS

BRIEFE
BRIEFE
beschlagnahmte Geldgeschenke

nichts wissen. „Papperlapapp! Danken wird er uns. Loben und belohnen, wir werden als Helden gefeiert und …“

Der Grünling hielt inne und drehte sich zu Lea um. Die hatte bis jetzt aufmerksam zugehört. Sie fand die beiden äußerst unterhaltsam, auch wenn sie nicht wusste, wovon sie sprachen.

„Ein Menschenkind! Wir werden Riesen-Ärger bekommen.“ Schlappohr schlug sich die flache Hand vor die Stirn, aber sein schlecht gelaunter Kumpan fiel ihm sofort ins Wort.

„Ach was, Menschenkinder sind viel zu dumm! Keiner glaubt ihnen. Wir müssen nur schnell von hier verschwinden!“

Jetzt wurde es Lea langsam zu bunt. Niko, der falsche Weihnachtsmann, hatte sie heute bereits „zu jung“ genannt. Die Riesenhelme behaupteten, als sie den Sack trugen (zwar ohne zu wissen, dass sie von Lea sprachen, aber dennoch), dass sie „zu schwer“ sei, und nun wurde sie auch noch als „zu dumm“ bezeichnet. Das reichte nun wirklich.

Wutschnaubend baute sie sich vor den beiden Grünlingen auf. „Also Spitzohr, zuerst einmal bin ich sicher nicht ‚zu dumm‘. Ich weiß zumindest, dass man sich einander vorstellt, wenn man sich zum ersten Mal begegnet. Das nicht zu tun ist sehr unhöflich und einen anderen dann auch noch grundlos zu beleidigen … Schäm dich.“

An Schlappohr gewandt, fuhr sie fort: „Außerdem muss ich auch unbedingt hier raus. Wir könnten uns also gegenseitig helfen. Ich bin Lea.“ Sie streckte dem verblüfften Grünling die Hand entgegen und tatsächlich griff dieser nach kurzem Zögern danach.

„Entschuldige bitte das Verhalten meines Bruders, er meint es nicht so. Ich bin Tink und der Grießgram dort drüben heißt Rink.“

Lea, deren Zorn sofort verflogen war, wollte auch dem spitzohrigen Rink die Hand geben, doch der drehte sich demonstrativ um und präsentierte ihr seinen pelzigen grünen Rücken.

„Ich bin nicht hier, um Freundschaft mit Menschenkindern zu schließen“, brummte er. „Im Gegenteil, das Ganze ist ja allein die Schuld der Menschen.“

Lea verstand nun gar nichts mehr. Sie wollte Rink fragen, was er damit meinte, besann sich aber eines Besseren und wandte sich stattdessen an den freundlicheren Tink. „Was meint er damit? Was haben wir Menschen denn so Schlimmes getan und wenn ich ein Menschenkind bin, was genau äh … seid ihr beiden dann eigentlich?“

„Ich sag’s doch, dumm! Keine Ahnung von nichts!“ Dieser Einwurf kam von dem mit verschränkten Armen dastehenden Rink.

Lea beschloss, diesmal so zu tun, als hätte sie nichts gehört, denn Rink sprach direkt weiter: „Wir sind freundliche Elfen, verdammt! Sieht man das etwa nicht? Dummes Menschenkind!“

Nun war Lea sogar noch verwirrter. Elfen! Die hatte sie sich aber ganz anders vorgestellt. Irgendwie niedlicher, besser gelaunt und vor allem weniger haarig.

„Ihr seid aber wirklich sehr, ähm, sehr …“, stammelte sie.

„Klein!? Meintest du klein?“ Rink unterbrach sie, mit angriffslustig vorgerecktem Kinn. „Sehr groß bist du auch nicht gerade“, stellte er fest.

„Pelzig“, warf Lea hastig ein. „Ich meine, äh, ich wollte sagen haarig … Also ihr habt viel Fell. Das wollte ich eigentlich sagen.“ Lea hätte sich auf die Zunge beißen können, doch entgegen ihrer Befürchtungen schien das die merkwürdigen Elfen nicht zu beleidigen. Im Gegenteil, Tink zeigte sich geehrt.

„Danke, da, wo wir herkommen, ist es sehr kalt und so ein Pelz hat seine Vorteile. Freut mich, dass er dir aufgefallen ist.“

„Er ist ja kaum zu übersehen“, flüsterte Lea. „Also, so schön wie er ist!“, ergänzte sie schnell, denn sie merkte, wie stolz Tink auf sein Fell war. „Wo kommt ihr beiden denn her und was macht ihr hier?“, wechselte sie das Thema.

„Wir kommen vom Nordpol“, erklärte Tink, „und suchen einen Freund. Er wurde heute hierher ins Finanzamt gebracht und ist seitdem verschwunden. Wir müssen ihn finden, er ist ein sehr wichtiger Mann.“ Tink kratzte sich durch die Wollmütze und wiederholte: „Ein sehr, sehr wichtiger Mann.“

Lea war jetzt ganz Ohr. „Vielleicht kann ich euch helfen. Ich muss auch unbedingt jemanden finden. Wir könnten zusammen suchen.“

Tink sah sie einen Moment lang an und nickte schließlich. Lea war froh, Begleitung gefunden zu haben, noch dazu eine so außergewöhnliche.

„Hey, ihr beiden Turteltauben!“, rief Rink. „Es wäre schön, wenn ihr die Heirat noch etwas verschieben könntet. Helft mir lieber, die Geschenke wieder aufzustapeln, damit wir endlich hier rauskommen. Alles muss man selbst machen, ist ja nicht zu fassen …“ Während er so vor sich hin brabbelte, hatte Rink bereits wieder damit begonnen, die Päckchen gegen die Wand zu schieben.

Lea, die jetzt sehr aufgeregt war, packte sofort mit an. Wen, außer dem Weihnachtsmann, sollten diese beiden merkwürdigen Elfen denn suchen? Sie konnte ihr Glück kaum fassen. Die zwei würden sie direkt zum echten Weihnachtsmann führen und der würde dann ihre Frage zu den Geschenken beantworten. Dieses riesige Geschenkelager hatte das Ganze nämlich nur noch geheimnisvoller werden lassen. Außerdem wollte Lea nach dem ganzen Ärger, wenigsten den echten Weihnachtsmann treffen. Das hatte sie jetzt ja wohl verdient.

Sie war sich ziemlich sicher, dass sie das einzige Mädchen in der Schule, wenn nicht sogar in der ganzen Stadt war, das je echte Elfen gesehen hatte.

Während Lea also so vor sich hinträumte, ging ihre Arbeit zügig voran. Nur noch wenige Päckchen und sie würden den Lüftungsschacht, durch den die beiden Elfen gekommen waren, erreichen können.

Unter großen Mühen schleppte Tink gerade ein ziemlich schweres Paket heran. Als Lea danach greifen wollte, schubste Rink sie zur Seite. „Aus dem Weg, Menschenkind, das ist was für starke Elfenarme." Als er jedoch versuchte, das Paket von seinem Bruder zu übernehmen und nach oben auf die anderen zu heben, begann er vor Anstrengung zu zittern. Er wäre sicher gestürzt, hätte Lea nicht zugepackt und ihm geholfen. Gemeinsam stellten sie den Karton an die richtige Stelle.

Endlich war die Geschenkepyramide hoch genug, um von ihr aus in den Lüftungsschacht zu klettern. Für einen Moment schien es sogar, als wolle Rink sich bedanken, doch dann brummte er nur: „Da hast du aber Glück gehabt, Lama oder wie du heißt. Beinahe wäre dir das Paket auf den Fuß gefallen. Ich hab doch gesagt, da braucht man Elfenkraft."

Lea war fassungslos. Dieser kleine, grüne Giftzwerg. Dem würde sie die Meinung sagen: „Ich heiße Lea! Du …", fauchte sie wütend, als plötzlich ein Schlüsselklimpern zu hören war.

Die Tür! Sie wurde aufgesperrt!

Der Erste, der reagierte, war Tink. „Los, kommt schon, wir müssen verschwinden!"

Sofort begannen sie nach oben in den Schacht zu klettern.

Da die Tür ja hinter mehreren Regalreihen am anderen Ende des Raumes war, konnten sie nicht sehen, wer den Raum betrat. Aber Lea war sich auch so sicher.

„Die Riesenhelme", flüsterte sie und bekam Angst.

Ganz anders Rink. Kampflustig streckte der spitzohrige Elf seine Fäuste nach vorn und tänzelte wie ein Boxer von einem auf das andere Bein. Sein friedlicherer und offensichtlich klügerer Bruder war bereits im Lüftungsschacht verschwunden. Nun war Lea an der Reihe. Als geschickte Kletterin fiel es ihr leicht, sich nach oben zu ziehen und die Klappe zu öffnen. Der Schacht war breit genug, dass sie bequem hineinpasste und sich innen sogar drehen konnte. Sie hielt die Klappe mit einem Arm auf und blickte auf Rink hinab.

Von der Türe her hörten sie laute Stimmen und die schnellen Schritte schwerer Stiefel. Gleich würden die Riesenhelme um die Ecke biegen und dann wäre Rink verloren. Der jedoch machte immer noch keine Anstalten heraufzuklettern. Im Gegenteil, er stand in Kampfstellung vor dem Geschenketurm und erwartete ihre Feinde.

Zum Glück kam Lea eine Idee und sie rief: „Hilfe! Hier oben ist eine Riesenspinne! Warum hilft uns denn niemand!"

Tink begriff, was Lea vorhatte, und stimmte mit ein: „IIIIIIEH! Die ist ja gigantisch und ich glaube, ich habe sie berührt! Sie wird uns sicher umbringen."

Ohne weitere Zeit zu verschwenden, wirbelte Rink herum, wobei sein spitzer Zahn weiß aufblitzte. „Hör sich einer die zwei Schisser an. Ich komme schon, bleibt cool!"

Mit einer dieses Mal wirklich überraschend geschmeidigen Bewegung erklomm Rink die Pyramide und zog sich nach oben in den Lüftungsschacht. Hinter im ließ Lea die Klappe zufallen. Im selben Moment stürmten die beiden Riesenhelme um die Ecke.

„Na, wo ist denn die gefährliche Spinn…?“ Bevor Rink weitersprechen konnte, hielt Lea ihm den Mund zu. Darüber war er so schockiert, dass er sich nicht einmal wehrte. Nun konnten die drei die Stimmen der Riesenhelme belauschen.

„Nummer 13, Sir, haben Sie das gesehen? Was in drei Teufels Namen war das?“

„Ich habe nicht die geringste Ahnung. Vielleicht ein Hund oder eine Katze.“

„Ein grüner Hund!?“

„Ich weiß es nicht! Meine Schwester hatte mal einen rosa Pudel. Am besten sehen Sie gleich nach, Nummer 22.“

„Jawohl, Sir!“

Oben im Lüftungsschacht konnte Lea hören, wie Nummer 22 auf ihre mühsam errichtete Geschenkepyramide kletterte, um einen Blick in den Schacht zu werfen. Vor Angst war sie ganz starr und sogar Rink verhielt sich vorerst vollkommen still.

Gerade als Nummer 22 seinen Riesenhelm vor die Öffnung schieben wollte und damit zwei pelzige Elfen und ein mutiges Mädchen, das einem der Elfen den Mund zuhielt, entdeckt hätte, gaben die Geschenke unter seinem Gewicht nach. Mit seiner ganzen Ausrüstung war er viel zu schwer und die Kartons brachen polternd unter ihm zusammen.

„Was machen Sie denn da, Nummer 22? Bauen Sie das wieder auf. Los! Los! Los!“

„Jawohl, Sir, Nummer 13, Sir.“

„Da haben wir noch mal Glück gehabt“, flüsterte Tink. „Und jetzt weiter. Mir nach.“

Langsam kroch er auf Händen und Füßen weiter in den Schacht hinein. Lea, die immer noch Rinks Kopf umklammert hielt, ließ diesen etwas verlegen los. Mit einem freundlichen Lächeln versuchte sie, sich bei Rink zu entschuldigen, doch der funkelte sie nur böse an. „Dann gibt es hier also gar keine Spinne?"

„Doch, doch! Gerade eben war sie noch da." Lea hörte auf zu lächeln und blickte sich suchend in alle Richtungen um. „Die war wirklich ziemlich groß und dreimal so hässlich. Komm jetzt! Wir müssen hier weg."

Mit diesen Worten kroch sie hinter Tink her. Da sie sich von der Öffnung des Schachts wegbewegten, wurde es schnell dunkler und Lea musste sich beeilen, um Tink nicht aus den Augen zu verlieren.

Ob es hier drin wirklich Spinnen gab? Eigentlich fürchtete sie sich nicht besonders vor Spinnen, was aber auch nicht hieß, dass sie unbedingt eine auf ihrem Gesicht oder in ihren Haaren haben wollte. Schnell schloss sie ihren vor Anstrengung offen stehenden Mund. So würde sie zumindest keine verschlucken.

Kapitel 3

In der Höhle des Löwen

Lea, Rink und Tink waren schon ein ganzes Stück im Schacht vorangekommen und konnten kaum noch die Hand vor Augen sehen, als Tink das erste Mal um eine Ecke bog. „Hier lang, glaube ich zumindest. Es ist so dunkel. Hey Rink, schade, dass wir Rudolph nicht dabeihaben. Er würde sogar hier drin ziemlich gut sehen können, oder?"

„Klar", stimmte Rink zu, „der geht einfach der Nase nach. HE HE HE HE!"

Die beiden Elfen brachen in schallendes Gelächter aus. Lea hingegen verstand kein Wort, hatte aber auch keine große Lust nachzufragen, zumindest solange die Spinnenfrage nicht geklärt war. Bis dahin wollte sie den Mund lieber nicht allzu oft öffnen.

Es kam ihr vor, als führte der Schacht ständig leicht nach oben, bis es vor ihnen auf einmal wieder heller wurde. Dort lag eine vergitterte Öffnung.

Endlich konnten sie wieder etwas sehen. Neugierig krabbelte Lea neben Tink ans Gitter, um herauszufinden, wohin der Schacht sie geführt hatte.

Unter ihnen befand sich ein Großraumbüro. Dort standen mindestens 20 Schreibtische, die nebeneinander aufgereiht und nur durch graue Plastikwände voneinander getrennt waren. Es gab einen Kaffee- und einen Süßigkeitenautomaten, einen Kopierer, Aktenschränke, unzählige

Papierstapel, zu jedem Tisch einen Drehstuhl und natürlich einen Computer. Da es schon spät war, arbeitete niemand mehr und es herrschte gespenstische Stille.

Plötzlich drückte Rink Leas Kopf zur Seite, um sich so freie Sicht zu verschaffen. Lea wollte sich gerade über dessen grobe Art beschweren, als sie aus ihrem neuen Blickwinkel heraus etwas bemerkte. Ganz rechts, abseits von den anderen, war ein weiterer, größerer Schreibtisch. Darauf stand eine eigene Lampe, ein Telefon, zwei Monitore und, wenn sie sich nicht täuschte, verschiedene Bilderrahmen, in allen Größen und Farben. Das Wichtigste jedoch war, dass dieser Schreibtisch, im Gegensatz zu den anderen, nicht verlassen war. Eine ältere, stämmige Frau mit riesigen Ohrringen und einer hohen Turmfrisur saß dort. Sie schien etwas zu lesen und hatte sich ganz nahe an einen der Monitore gebeugt.

„Gut, hier können wir raus“, freute sich Rink und für einen Moment hob die Frau ihren Blick über den Rand ihrer modernen Brille. Lea reagierte blitzschnell und drehte Rinks Kopf so, dass er die Frau hinter dem Schreibtisch sehen konnte. Diese hatte den Blick bereits wieder gesenkt und war in ihre Arbeit vertieft.

Auch Tink hatte sie jetzt entdeckt und flüsterte: „Los, wir gehen weiter. Dort vorn ist schon der nächste Raum.“ Er deutete den Lüftungsschacht entlang und tatsächlich, weiter rechts konnten sie wieder einen schwachen Lichtschein erkennen.

Rink knirschte mit seinen spitzen Zähnen. „Warum denn? Lasst uns hier absteigen! Vor der Alten habe ich keine Angst. Wenn sie einen wie mich sieht, fällt die doch glatt in Ohnmacht.“

Doch Lea und Tink waren schon weitergekrochen, also folgte er ihnen leise vor sich hin schimpfend.

Das nächste Lüftungsgitter lag nicht sehr weit entfernt und so schätzte Lea, dass der dazugehörige Raum wohl genau hinter dem Schreibtisch der Frau liegen musste. Leise pirschten die drei sich heran. Der Schacht war aus Metall und jedes noch so kleine Geräusch wurde verzerrt von den Wänden zurückgeworfen.

Da sie genau an der Frau vorbeikamen, mussten sie wirklich sehr vorsichtig sein. Zum Glück, dachte sich Lea, hielt sich sogar Rink zurück und so kamen sie unbemerkt ans nächste Gitter. Neugierig spähten sie ins Licht.

Unter ihnen lag wieder ein Büro, doch es war nicht mit dem vorherigen zu vergleichen. Im Gegensatz zu dem kalten Neonlicht im Großraumbüro schien das Licht hier gedämpfter, gemütlicher. Der Raum selbst war auch viel kleiner und wirkte ziemlich überfüllt. Ein riesiger Schreibtisch nahm beinahe die Hälfte der Fläche ein. Der Boden war mit einem kostbaren Teppich bedeckt und ein langes Regal, gefüllt mit allem Möglichen, stand an der Wand.

Auf dem Schreibtisch befanden sich die üblichen Utensilien: Computer, Telefon, Schreibzeugs. Nur eine Sache stach heraus und passte überhaupt nicht zu den anderen: Ein wunderschönes, silbernes Geschenk mit einer roten Schleife stand mitten auf dem riesigen Schreibtisch und wirkte dort ziemlich verloren.

Doch das war noch längst nicht alles. Hinter dem Schreibtisch saß ein Mann mit Brille und einem schwarzen Schnurrbart. Der Mann schwitzte stark und etwas stimmte nicht mit seinen Haaren. Sie saßen irgendwie schief auf seinem Kopf.

Vor dem Schreibtisch mit dem seltsamen Mann stand einer der Riesenhelme. Er hatte Lea den Rücken zugekehrt, so konnte sie die große weiße 1 auf seinem Helm lesen. Sofort bekam sie Gänsehaut am ganzen Körper. Vor lauter Aufregung hatte sie die möglichen Spinnen vollkommen vergessen und ihr Mund stand weit offen. Auch ohne dass sich der Riesenhelm herumdrehte, wusste sie, dass auf seiner Brust ein goldener Stern prangte. Dort unten stand der Sheriff höchstpersönlich.

Der Mann hinter dem Schreibtisch starrte ebenso wie der Riesenhelm auf einen an der Wand hängenden Flachbildfernseher, in dem ein dritter Mann zu sehen war. Dieser war sehr dick und hatte eine Glatze. Er kam Lea vage bekannt vor. Irgendwo hatte sie ihn schon einmal gesehen, doch ihr wollte einfach nicht einfallen wo.

Der Dicke trug nur ein weißes Handtuch um die Hüften und es sah aus, als säße er in einer Sauna. Sein Kopf war furchtbar rot und der Schweiß lief ihm in Bächen über das Gesicht. Er klang verärgert, als seine Stimme aus dem Fernseher dröhnte. „Was soll die späte Störung, Zwickenpflug? Haben Sie wenigstens gute Nachrichten für mich? Morgen Abend muss ich vor die Presse treten und dann will ich den Schuldigen präsentieren. Also, was gibt es?“

Bei dem Angesprochenen handelte es sich offensichtlich um den Mann hinter dem Schreibtisch, denn der zuckte bei jedem Wort ein wenig zusammen. Dabei verrutschte seine Haarpracht noch weiter.

Lea hätte beinahe gelacht, so schief saß das Toupet mittlerweile auf seinem Kopf. Er selbst schien das vor lauter Aufregung gar nicht zu bemerken. Händeringend begann er zu sprechen: „Guten Abend, äh … Herr Minister. Also, wir haben große Fortschritte gemacht und ich freue mich, Ihnen melden zu können, dass sich alle infrage kommenden Personen in unserem Gewahrsam befinden … äh, sie sind alle verhaftet, Herr Minister.“

Daher kannte Lea den Dicken also. Er war ein Minister und sie hatte ihn im Fernsehen gesehen. Wahrscheinlich während ihre Mutter die langweiligen Nachrichten angeschaut hatte. Ihre Mutter. Mama … Sie machte sich bestimmt furchtbare Sorgen.

Wie spät war es?

Wie sollte sie das alles nur erklären?

Lea wusste ja eigentlich selbst nicht, was hier los war. Klar war nur, dass diese drei Figuren da unten irgendetwas mit Leas unfreiwilligem Ausflug zu tun hatten.

Stotternd und stammelnd fuhr der wirklich sehr unsympathische Kerl hinter dem Schreibtisch fort: „Ja äh, also wir müssen natürlich noch herausfinden, welcher der Verhafteten unser Gesuchter ist. Das ist selbstverständlich nur eine Frage der Zeit, aber ich versichere Ihnen, Herr Minister, dass wir alles Menschenmögliche unternehmen, um Ihnen so schnell wie möglich Erfolge äh … melden zu können."

„Das will ich Ihnen auch geraten haben, Zwickenpflug", brummte der Dicke auf dem Bildschirm. „Sie sind für die ganze Aktion verantwortlich. Wenn etwas schiefgeht, werden Sie mich von einer Seite kennenlernen, die Ihnen nicht gefallen wir. Haben wir uns verstanden?!"

„Jawohl, Herr Minister. Ich danke Ihnen vielmals für ihr Vertrauen und …!" Weiter kam Zwickenpflug nicht. Der dicke Minister hatte die Verbindung bereits unterbrochen und der große Bildschirm wurde schwarz wie die Nacht.

Zwickenpflug, der sogar aufgestanden war und sich über den Schreibtisch gebeugt hatte, hielt inne. Endlich brachte er sein Toupet in Ordnung.

Mit vor Aufregung zitterndem Schnurrbart wandte er sich an den Riesenhelm. „Sie haben es gehört, Sheriff. Wir müssen den ECHTEN ausfindig machen, und zwar schnell."

Ganz sicher war sich Lea nicht, was das alles zu bedeuten hatte. „Den ECHTEN ausfindig machen". Wahrscheinlich suchten die Kerle tatsächlich den, den auch Lea selbst und ihre beiden Elfenfreunde suchten. Aber was wollten solche Leute nur vom Weihnachtsmann? Fragend blickte sie zur Seite, um vielleicht von den Elfen eine Antwort zu erhalten, doch in diesem Moment flog in dem Raum unter ihnen die Tür

auf. Hereingestürmt kam ein zweiter Riesenhelm, gefolgt von der älteren Dame, die sie vorher am Computer gesehen hatten.

Sofort begann die Frau mit schriller Stimme zu schimpfen: „Herr Zwickenpflug, ich habe es diesem Rüpel gesagt. Er kann hier nicht einfach so reinstürmen, doch er ließ sich nicht aufhalten. So etwas Unerhörtes ist mir ...!"

Weiter kam die Dame nicht, da der Riesenhelm ihr ins Wort fiel: „Nummer 1, Sir, wir haben einen Notfall. Code Orange!", meldete er dem Sheriff.

„Also hören Sie mal, mich hier so einfach zu unterbrechen!", setzte die ältere Dame erneut an, doch dieses Mal war es Zwickenpflug, der sie nicht ausreden ließ. „Schon gut, Frau Maldonado. Schon gut. Das wäre dann erst einmal alles. Ich rufe Sie, wenn Sie gebraucht werden."

Offensichtlich höchst unzufrieden mit der Entscheidung ihres Chefs, verließ Frau Maldonado das Büro und knallte die Türe hinter sich ins Schloss.

Erst jetzt fragte der Riesenhelm mit der Nummer 1: „Code Orange?! Was meinen Sie damit? Wer hat es sich erlaubt, auf meinem Privatparkplatz zu parken?"

„Parkplatz, Sir? Code Orange bedeutet, unerlaubter Eindringling. Jemand ist hier eingebrochen!"

„Was soll das heißen?", brüllte Nummer 1 jetzt. „Wer ist hier eingebrochen und wo ist er? Reden sie schon, Nummer 22!"

Der Riesenhelm, der zur Tür hereingestürzt war, trug die Nummer 22 auf seinem Helm.

„Es tut mir leid, Sheriff, Nummer 1, Sir, aber das weiß ich nicht so genau. Als mein Kollege und ich die Asservatenkammer betraten, bemerkten wir, dass das Licht angeschaltet war. Wir wollten eigentlich nur weitere Beweismittel hinterlegen, aber wir hörten Krach vom anderen Ende des Raumes. Unverzüglich und furchtlos näherten wir uns der Stelle, um den Auslöser zu finden. Doch, nun ja …“ Dem Riesenhelm war das Ganze sichtlich unangenehm. „Ähm, also, wir haben nicht genau gesehen, was den Lärm verursacht hat“, gab er schließlich zu.

Der Sheriff wechselte einen verwirrten Blick mit dem angespannt dasit-

zenden Zwickenpflug. „Was reden Sie denn da, Nummer 22? Was haben Sie nicht genau gesehen?“

„Sheriff, Sir“, stotterte Nummer 22, „wir sind uns wirklich nicht ganz sicher. Es hat sich sehr schnell bewegt. Mit einem Sprung war es im Lüftungsschacht und ich, also so etwas habe ich noch nie zuvor gesehen. Es war grün und pelzig und ich konnte die blitzenden Zähne sehen. Es war …“

„Ein grüner Hund?“, fiel ihm der Sheriff ins Wort.

„Nein, Sir. Für einen Hund war es viel zu hässlich, wirklich fürchterlich anzusehen und außerdem, es, nun ja, es trug eine Art Badeshorts.“

Zwickenpflug verlor vor Überraschung beinahe sein Toupet. Sowohl er als auch der Sheriff waren erst einmal sprachlos.

„Lea, sie haben uns gesehen. Wir müssen hier raus“, flüsterte Tink dem Menschenmädchen leise ins Ohr, doch Lea bedeutete ihm still zu sein.

Vielleicht konnten sie noch mehr erfahren, zum Beispiel wo die Gefangenen festgehalten wurden. Lea wusste zwar nicht, was sie mit dieser Information anfangen würde, aber da hier die Verantwortlichen für den ganzen Schlamassel saßen, wollte sie so viel wie möglich herausfinden. Sie blickte nach links, um zu sehen, was Rink von alldem hielt, doch der bemerkte sie gar nicht.

Stattdessen knurrte er: „Hat dieser Kerl gerade gesagt, ich wäre hässlich? Hässlicher als ein Hund? Dem werde ich's zeigen!"

Schon hob er die Hand, um das Gitter zu öffnen. In letzter Sekunde konnte Lea ihn daran hindern, indem sie ihn in die Seite stieß und drohend anfunkelte. Langsam hatte sie wirklich die Nase voll von diesem jähzornigen Elf. Rink hielt es in diesem Moment für klüger, sich nicht mit Lea anzulegen. Er beruhigte sich und gemeinsam beobachteten sie weiter das Büro.

Dort versuchten Zwickenpflug und der Sheriff immer noch herauszufinden, was genau in ihr schönes Hauptquartier eingebrochen war, doch aus dem Riesenhelm ließ sich nichts Brauchbares herausbekommen.

Zwickenpflug verlor jetzt vollständig die Beherrschung. Mit hochrotem Kopf und zitterndem Schnurrbart schnauzte er: „Ich habe genug von Ihnen! Aus Ihrem Gestammel werden wir heute nicht mehr schlau. Also, wo ist Ihr Kollege? Vielleicht kann der uns sagen, was Sie gesehen haben."

„Mein Kollege, Nummer 13? Ja, der ist durch seinen heldenhaften Einsatz bei der selbstlosen Verfolgung des verdächtigen Monsters leider … ähm … stecken geblieben."

Tatsächlich hatten die beiden Riesenhelme, nachdem sie die Geschenkepyramide wieder aufgebaut hatten, erst einmal eine Weile unentschlossen davorgestanden. Schließlich konnte der dienstältere Nummer 13 sich dazu durchringen, den Geschenkeberg hinaufzuklettern, nur um dann beim Blick in den Lüftungsschacht mit seinem übergroßen Helm darin stecken zu bleiben. Er konnte weder vor noch zurück und strampelte wild mit den Beinen. Mit gedämpfter Stimme befahl er Nummer 22, Hilfe zu holen.

Zuerst musste jedoch der Sheriff informiert werden.

„Wie ich bereits sagte, Sir", fuhr Nummer 22 fort, „das Monster ist im Lüftungsschacht verschwunden und hat uns damit eine heimtückische Falle gestellt. Mit unserer Ausrüstung war es uns nicht möglich, den Eindringling zu verfolgen und festzunehmen."

Erst jetzt verstand der Sheriff. „Sie meinen, das Ding ist immer noch da drin?"

„Jawohl, Sheriff!", bestätigte Nummer 22.

Alle drei drehten sich nun gleichzeitig herum und starrten zum Lüftungsgitter hinauf.

Lea duckte sich automatisch, obwohl sie von dort unten hier im dunklen Schacht wohl nicht zu sehen war. Spätestens jetzt war es aber an der Zeit zu verschwinden. Tink schien das genauso zu sehen, denn er drängte beinahe flehentlich im Flüsterton: „Lasst uns endlich weitergehen, hier drin sind wir nicht mehr sicher."

Er hatte sich bereits gedreht und begonnen, auf allen vieren davonzukriechen, als Rink aus heiterem Himmel mit der flachen Hand gegen das Lüftungsgitter schlug. Dabei bellte er mit verstellter Stimme, was wirklich nach einem ziemlich bösartigen Hund klang.

Lea erschrak, doch die drei im Büro waren regelrecht geschockt.

Während Zwickenpflug sich hinter seinem Schreibtisch in Deckung warf, klammerten die beiden uniformierten Riesenhelme sich ängstlich und schrill kreischend aneinander.

Rink grinste Lea mit seinem schiefen Reißzahn schadenfroh an. „Ich sehe also aus wie ein Hund in Boxershorts? Das haben sie nun davon." Zufrieden quetschte er sich an der verdutzten Lea vorbei und folgte seinem Bruder. „Komm schon, Menschenkind! Wir müssen weiter."

Da Lea ohnehin nichts anderes übrig blieb, krabbelte sie schnell hinter dem, wie sie fand, völlig verrückten Elf her. Jedoch nicht, ohne noch kurz einen Blick in das Büro geworfen zu haben. Dort sah sie, wie sich der

Sheriff gerade aus der Umklammerung seines Kollegen befreite und diesen anschrie, was für ein Feigling der doch sei.

Auch Zwickenpflug lugte zerzaust hinter seinem Schreibtisch hervor.

Vorerst werden die noch ein Weilchen beschäftigt sein, dachte Lea, aber dann werden sie uns suchen und wir wissen ja selbst nicht mal, wo wir eigentlich sind. Schaudernd erinnerte sie sich an das echte Hundegebell, das sie gehört hatte, als sie noch in dem Sack versteckt gewesen war. Sie war sicher, dass diese Hunde zwar keine kurzen Hosen trugen, dafür aber messerscharfe Zähne vorweisen konnten. Noch dazu wusste sie, dass echte Hunde Fährten erschnüffeln konnten, und diese Fähigkeit zusammen mit den Zähnen gefiel ihr ganz und gar nicht. Sie mussten schleunigst hier raus.

Das war jedoch leichter gesagt als getan. Zurück konnten sie nicht und vor ihnen lag nichts als ein stockdunkler Tunnel, der immer wieder scheinbar wahllos nach rechts oder links abbog. Ständig kam es Lea so vor, als würden sie eine Steigung hinaufkrabbeln. Es war dunkel und warm. Die durch den Blechschacht verzerrten Geräusche um sie herum wirkten unheimlich. Reiß dich zusammen, Lea!, ermahnte sie sich selbst. Und dennoch musste sie immer wieder entweder an durch Lüftungsschächte rennende Höllenhunde oder an von der Decke hängende Riesenspinnen denken. Da sie direkt hinter Rink blieb, machte sie sich zumindest wegen der Spinnen etwas weniger Sorgen. Der Elf würde sie wahrscheinlich auffressen. Dieser Gedanke ließ sie wieder lächeln, denn tatsächlich grummelte und schmatzte Rink dauernd vor sich hin. Zumindest wenn er nicht gerade über seinen Bruder schimpfte.

„Wir sind jetzt schon ewig unterwegs“, beschwerte Rink sich nun bei Tink, „lass mich besser vor! Du hast doch überhaupt keine Ahnung, wo es langgeht! Wer hat dich überhaupt zum Reiseführer ernannt?“

Soweit Lea das beurteilen konnte, waren sie bis jetzt an keiner einzigen Abzweigung mehr vorbeigekommen. Tink konnte sich also gar nicht verlaufen haben. Rink schien das entweder nicht bemerkt zu haben, schließlich war es so finster, dass man die Hand vor Augen nicht sah, oder es interessierte ihn einfach nicht. Munter schimpfte er weiter über den mangelnden Orientierungssinn seines Bruders.

Plötzlich klimperte etwas.

Das Geräusch war laut und deutlich zu hören und alle drei erstarrten mitten in der Bewegung.

„Habt ihr das gehört?", flüsterte Tink leise. „Was war das?"

Genau in diesem Moment ertönte das Klimpern erneut. Dieses Mal ging es jedoch in eine Art schrilles Quietschen über. Lea blieb vollkommen regungslos. Sie hielt sogar den Atem an, um besser lauschen zu können.

Das Geräusch kam von schräg unten. Es hörte kurz auf und begann von Neuem. Jetzt war es sogar direkt unter ihnen. Was war das?

Ein Scharren oder Kratzten von Metall auf Metall und dann dieses Quietschen ... Lea war ganz sicher, dass sie dieses Geräusch kannte. Klackern, quietschen, drehen, schrauben ... SCHRAUBEN!!! Jemand versuchte, die metallene Hülle des Lüftungsschachts von unten aufzuschrauben!

Gerade als Lea die Elfen warnen wollte, fiel der Schacht um sie herum auseinander.

Lea und Tink kreischten gleichzeitig, als der Boden unter ihnen wegbrach. Plötzlich war überall Licht, glänzendes Metall und reißender Lärm. Vor Leas Augen purzelten Rink und Tink übereinander.

Der Aufprall wurde von irgendetwas gebremst, war aber trotzdem so hart, dass Lea für einen Moment benommen liegen blieb. Ihr

war schwindlig und beide Knie taten weh. Am liebsten würde sie schlafen. Nur ein Minütchen …

„Aufwachen, Lea! Bist du in Ordnung?“ Tinks Stimme schien aus weiter Ferne zu kommen. Sie war leise und liebevoll und Lea konnte sich nicht zwingen, die Augen zu öffnen.

„Lass mich mal ran! Menschen, die ohnmächtig sind, muss man nur kräftig ohrfeigen, dann wachen sie wieder auf und sind topfit! Hab ich im Fernsehen gesehen.“ Das war Rinks Stimme. Sie war lauter und viel näher. Schnell schlug Lea die Augen auf. Gerade noch rechtzeitig, denn Rink stand schon mit erhobenem Arm über sie gebeugt da. Als er bemerkte, dass Lea wach war, ließ er seine Hand ein wenig enttäuscht wieder sinken.

„Guten Morgen, Menschenkind!“, grinste er. „Ich wollte dich gerade wecken. Wir müssen weiter. Sieht aber aus, als wärst du nicht die Einzige, die ein Nickerchen machen will.“

Lea verstand kein Wort. Langsam rappelte sie sich hoch und bemerkte, dass die Metallplatte, mit der sie von der Decke gestürzt waren, auf einem äußerst unglücklichen Riesenhelm und dessen Leiter gelandet war. Der Mann war bewusstlos.

Lea und die Elfen befanden sich nun in einem langen Gang, an dessen einem Ende eine geschlossene rote Stahltür und am anderen eine ebenfalls geschlossene Aufzugtür zu sehen war. Mühsam machte Lea ein paar Schritte. Ihr tat einfach alles weh und sie hatte Riesenhunger. Warum konnte sie jetzt nicht zu Hause in ihrem warmen Bett liegen? Mama würde ihr einen Gutenachtkuss geben. Heute würde Lea nicht einmal behaupten, zu alt dafür zu sein, wie ein Kleinkind zugedeckt und geknuddelt zu werden. Lea wusste, dass sich ihre Mutter furchtbare Sorgen machte. Mit Sicherheit hatte sie bereits die Eltern all ihrer Freundinnen angerufen und vielleicht war sie sogar schon zur Polizei gegangen, um Lea suchen zu lassen. Zu dumm, dass Leas Handy kaputtgegangen war!

Tinks freundliche Stimme riss sie aus ihren düsteren Gedanken: „Komm schon Lea, lass uns von hier verschwinden. Der Kerl wird nicht die ganze Nacht durchschlafen.“

Bereitwillig und etwas wackelig auf den Beinen folgte sie Tink, der sie an die Hand genommen hatte und den Flur entlang in Richtung Aufzug führte. Doch noch während Tink den Aufzugknopf drückte, knallte mit einem Schlag die rote Stahltür am anderen Ende des Ganges auf.

Hinter der Tür standen mehrere der schwarz gekleideten Riesenhelme. Mindestens einen davon kannte Lea bereits. Sein goldener Stern blitzte bis zu ihr herüber. Es war die Nummer 1, der Sheriff, und in seiner Hand trug er etwas, das wie eine Laserkanone aus einem Computerspiel aussah. Sofort brüllte er: „Da sind sie! Schnappt sie euch, aber benutzt die Elektroskorpione!“

Das klang gar nicht gut.

Erst jetzt schoben sich langsam die Aufzugtüren auf und Lea und Tink sprangen hinein. Nur Rink blieb wieder einmal stehen.

„Haut ab! Ich werde sie aufhalten“, knurrte er. Dabei knackte er mit den Knöcheln seiner Faust. Zu seinem Glück hatten die Riesenhelme versucht, sich auf den Befehl des Sheriffs hin gleichzeitig durch die Tür zu werfen. Dadurch entstand ein großes Durcheinander. Sogar der Sheriff verlor das Gleichgewicht und stürzte, nachdem er einige Sekunden im Türrahmen festgesteckt hatte. Dabei ging sein, wie hatte er es doch gleich genannt, Elektroskorpione?, von allein los.

Lea war kurz geblendet, denn das Ding spuckte grelle Blitze in alle Richtungen. Die zwei Riesenhelme, die es durch die Tür geschafft hatten, wurden voll getroffen. Für einen Moment hielten beide in ihren Bewegungen inne, dann zuckten sie unkontrolliert mit den Gliedmaßen, bevor sie gleichzeitig auf ihren Hinterteilen landeten. Es sah sogar aus, als qualmten sie ein wenig. Leas Augen weiteten sich. Von diesem Ding wollte sie ganz sicher nicht getroffen werden.

„Wohin fahren wir?!", schrie sie hektisch in Tinks Richtung.

Anscheinend hatte nicht einmal der durchgeknallte Rink Lust darauf, Bekanntschaft mit dem Skorpion des Sheriffs zu machen, denn nun sprang auch er endlich mit in den Lift.

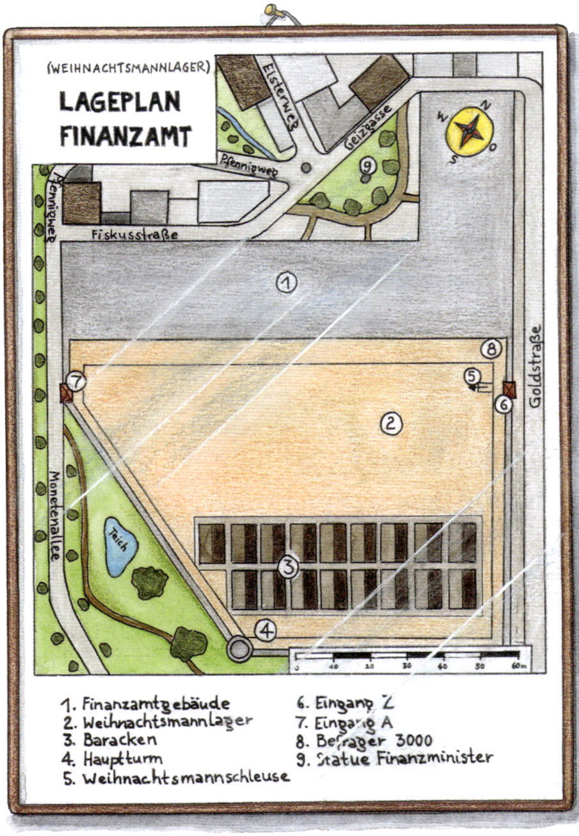

„Aufs Dach!", übernahm Rink das Kommando. „Wir müssen aufs Dach."

Lea blickte ihn verwundert an.

„Drück den Knopf, Menschenkind! Die Kerle knöpf ich mir später vor."

Sie drückte den obersten Knopf und hoffte, dass der sie auf das Dach bringen würde. Noch mehr hoffte sie allerdings, dass sich endlich die Aufzugtüren schließen würden.

Die Riesenhelme, die ungeschockt geblieben waren, rannten nämlich bereits weiter auf sie zu. Nur noch wenige Augenblicke. Gleich hatten sie den Aufzug erreicht! Endlich begannen die Türen sich quälend langsam zu schließen. Einer der Riesenhelme war jedoch schon so nahe, dass er seine Hand nach Lea ausstrecken konnte. Geistesgegenwärtig fletschte Rink die Zähne und schnappte damit nach der Hand des Angreifers. Erschrocken sprang der Riesenhelm zurück und die Aufzugtüren glitten leise zu. Ein sanftes Ruckeln und der Lift begann seine Fahrt nach oben.

Sie waren in Sicherheit.

Vorerst.

„Das war wirklich haarscharf. Vielen Dank für deine Hilfe!“ Lea schlang ihre Arme um Rink, der sich zu befreien versuchte, doch sie drückte ihm einen dicken Kuss auf die grüne Wange.

„Schon gut, schon gut, lass mich los!“ Rink schob Lea von sich und wischte sich grummelnd übers Gesicht. „Nicht zu glauben, diese Menschenkinder, richtig eklig.“

Lea ignorierte die Beleidigung, schließlich hatte er sie gerettet. Stattdessen fragte sie: „Warum fahren wir aufs Dach? Dort werden sie uns sicher irgendwann finden.“

Dieses Mal war es Tink, der ihr antwortete: „Kann schon sein, aber wenn sie das Gebäude Stockwerk für Stockwerk durchkämmen, dauert es eine ganze Weile. Das ist genau die Zeit, die wir brauchen, um uns etwas einfallen zu lassen. Wir brauchen einen Plan. Außerdem haben wir dort geparkt.“

Erstaunt blickte Lea den Elf an. Was hatte er da gerade gesagt? Doch anstatt der neugierigen Lea weitere Auskünfte zu geben, drehte sich Tink zur Aufzugtür und machte keine Anstalten weiterzusprechen.

Schweigend wartete das ungleiche Trio, bis der Aufzug das Dach erreichte.

Kapitel 4

Auf dem Dach

Die Kälte traf Lea wie ein Hammerschlag. Schnell schloss sie den Reißverschluss ihres Anoraks und zog den Kopf, so tief es ging, zwischen die Schultern. Heute Nacht war die Nacht vor Heiligabend und es würde wohl eine weiße Weihnacht geben. Schon jetzt schneite es leicht und die Luft war voll von winzigen glitzernden Flocken.

Auf dem Dach war es sehr windig und der Schnee wirbelte in einem wilden Tanz um sie herum. So schön, wie es war, so kalt war es auch und Leas Zweifel, ob es eine gute Idee gewesen war, sich hier oben zu verstecken, wuchsen.

Rink und Tink trugen zwar nur Shorts und Wollmützen, aber den beiden schien die Kälte überhaupt nichts auszumachen.

Wäre ich so haarig, würde ich auch nicht frieren, dachte Lea und schob ihre Hände noch tiefer in die Jackentaschen. Der Aufzug hatte sich hinter ihnen geschlossen und war bereits wieder in der Tiefe verschwunden, also wartete Lea einfach ab, was als Nächstes passierte.

Was hatte Tink doch gleich wieder gesagt? Sie hätten hier oben geparkt?!

Hier oben würden sie höchstens zu Eiszapfen gefrieren.

Gerade als Lea sich beschweren und mit einer nicht ganz freundlichen Beschreibung des Geisteszustandes der beiden Elfenbrüder beginnen wollte, hob Tink die Finger an die Lippen und pfiff.

Ein wunderschöner, melodischer Pfiff, wie ihn Lea noch nie zuvor gehört hatte, ertönte. Tink ließ seine Hand wieder sinken. „Pass auf, Menschenkind, dass wird dir gefallen.“

Lea zweifelte daran. Heute hatte sie schon zu viele unangenehme Überraschungen erlebt und jetzt war ihr einfach nur noch kalt. Und Hunger hatte sie auch.

Vorerst passierte erst mal gar nichts. Fragend sah sie in Tinks Richtung. Der wiederholte den so schön klingenden Pfiff und erneut passierte – NICHTS.

„Soll ich es vielleicht lieber versuchen? Bei dir klingt es nun mal nicht richtig.“ Rink steckte sich bereits die Finger in den Mund, um selbst zu pfeifen, als plötzlich ein fernes Klingeln ertönte. Trotz des tosenden Sturms um sie herum war es deutlich zu hören. Ein Klingeln, wie es nur von sehr vielen, sehr leichten Glöckchen verursacht werden konnte.

„Was ist das?“ Verwundert wandte sich Lea an Tink.

„Sie kommen“, antwortete Tink ehrfürchtig.

„Wer kommt? Was ist das für ein Klingeln?“

Statt zu antworten, deutete Tink an ihr vorbei in den Himmel. „Sieh es dir selbst an, Lea. Dort sind sie!“

Leas Blick folgte Tinks ausgestrecktem Arm in den Nachthimmel. Das Schneegestöber hob sich deutlich von dem schwarzen Hintergrund ab und tatsächlich, ganz dort hinten in der Ferne blitzte etwas auf. Zuerst hielt Lea es für einen besonders funkelnden Stern, aber dann sah sie, dass es sich bewegte, größer wurde und rasch näher kam. Wie gebannt starrte Lea auf dieses leuchtende Etwas, das nun mit rasender Geschwindigkeit auf sie zukam. Sie hatte noch nie etwas so Schnelles gesehen!

Noch einmal erklang dieses feine Klingeln, dieses Mal jedoch gefolgt von einem lauten Brausen, und plötzlich schien es, als würde das ganze Dach explodieren. Der Schnee stob mit einem Schlag in alle Richtungen auseinander. Schützend hob Lea die Hände vor ihr Gesicht.

So schnell, wie alles begonnen hatte, endete es auch. Die Druckwelle, die

Lea das halbe Dach um die Ohren geblasen hatte, wurde zum Glück nicht von einer Feuerwalze begleitet. Zumindest hatte es sich bei dem Ding, das auf dem Dach eingeschlagen war, also nicht um eine Rakete gehandelt. Erleichtert richtete sich Lea auf, hob den Kopf und traute ihren Augen nicht.

Vor ihr stand ein gewaltiger Schlitten.

Ungläubig schüttelte Lea den Kopf. Das war der größte Schlitten, den sie je gesehen hatte. Wie eine riesige Kutsche, nur eben auf Kufen statt Rädern, und er stand mitten auf dem Dach eines zehnstöckigen Hochhauses.

Das war aber noch nicht einmal das Außergewöhnlichste daran, denn gezogen wurde der Schlitten von drei, eigentlich recht kleinen, ganz hellbraunen Rentieren. Sie schnaubten und dampften in der klirrenden Kälte, während sie mit ihren pelzigen Geweihen durch die Luft stießen.

Lea war entzückt! Sie hatte Rentiere schon im Fernsehen gesehen, daher wusste sie, um was für Tiere es sich handelte. Außerdem wusste sie, wem dieser Schlitten gehörte.

Der Schlitten selbst war rot mit Verzierungen aus Gold. Sogar die Kufen waren aus Gold. Er war vollkommen leer und auf der Sitzbank, die aus rotem, abgesteppten Leder bestand, konnte sie ein goldgesticktes S. C. erkennen – das musste für Santa Claus stehen. Wieder schnaubte eins der Minirentiere und die goldenen Glöckchen, die überall am Zaumzeug hingen, klingelten leise.

Lea konnte nicht anders. Sie lief direkt auf das Tier zu und begann es ausgiebig zu kraulen. Die anderen beiden drängten sich ebenfalls dicht an sie heran und Lea hatte alle Hände voll zu tun, zu kraulen, zu streicheln und dabei nicht hinzufallen. Schnuppernd versuchte eines der Rentiere beharrlich, seine Schnauze in die Tasche ihres Anoraks zu stecken.

„Das ist E-Mail“, stellte Tink das Rentier vor. „Der sucht was zu fressen. Er hat wirklich immer Hunger!“

Kichernd trat Lea einige Schritte von dem gierigen Rentier zurück. Erst jetzt bemerkte sie, dass der Schlitten den Boden gar nicht berührte. Er schwebte einige Zentimeter darüber und es schien, als ob auch die Hufe der Rentiere das Dach nie wirklich berührten.

„E-Mail?“, fragte sie. „Ich wusste gar nicht, dass eines der Rentiere des Weihnachtsmanns E-Mail heißt. Außerdem, waren es nicht eigentlich acht oder neun?“

Tink nickte. „Du hast recht, was die Originalrentiere angeht. Da wir den Schlitten aber, also … na ja, wie soll ich das jetzt erklären?“

Hilfe suchend blickte Tink seinen Bruder an. Er schämte sich anscheinend weiterzusprechen. Ein Gefühl, das Rink offensichtlich nicht teilte, denn er plapperte sofort drauflos: „Was stellst du denn wieder für Fragen, Menschenkind? Was mein Bruder sagen will ist, wir haben den Schlitten ausgeborgt. Ohne Erlaubnis. Da der Boss verschwunden ist, konnten wir die ja auch schlecht bekommen. Die alten Rentiere sind ziemliche Spießer und als wir ihnen von unserem Plan, den Boss zu suchen, erzählt haben, sind sie ausgeflippt. Sie haben sich geweigert, uns ohne Erlaubnis zu fliegen. Diese Streber! Dabei haben sie uns ja davon erzählt, was mit dem Boss passiert war. Also haben wir die Nachwuchsrentiere eingespannt. Denn die fürchten sich nicht, stimmt’s?“ Rink grinste, während er eines der Rentiere tätschelte, das inzwischen versuchte, die Taschen seiner Shorts mit der Schnauze zu erkunden. „Den hier kennst du ja schon. Der gefräßige E-Mail. Das ist Blogger und der Allerkleinste heißt Raiden. Nur sie hatten keine Angst, uns zu begleiten.“

„Sie sind wunderschön!“ Lea war ganz hin und weg von den mutigen jungen Rentieren. Als sie das Gespann einmal umkreiste, sah sie, dass in der rechten Seite des Schlittens eine Satellitenschüssel steckte. Verwundert blieb sie stehen. Die Schüssel steckte seitlich im Schlitten, wo sie

S. C.

ganz sicher nicht hingehörte, denn das Holz dort war abgesplittert und zerkratzt.

Tink, der sich neben sie gesellte, schüttelte den Kopf. „Frag gar nicht erst. Das kommt davon, wenn man meinen Bruder fliegen lässt."

„Sehr witzig, haha!", beschwerte sich Rink. „Bei diesem Wetter war das wohl kaum meine Schuld. Vor lauter Schnee sieht man ja die Hand vor Augen nicht und außerdem ist das doch nur ein kleiner Kratzer. Ein bisschen Farbe drauf und der Schlitten ist wie neu." Er stemmte den Fuß gegen den Schlitten und versuchte, mit beiden Händen die Satellitenschüssel herauszuziehen, doch die bewegte sich keinen Millimeter. Daraufhin nahm er die Mütze ab und polierte damit, wie selbstverständlich, das abgesplitterte Holz. „Hier seht ihr, etwas Spucke und natürlich Farbe. Wie neu."

Leise, an sich selbst gewandt, fügte er hinzu: „Der Alte wird ausrasten, wenn er das hier sieht."

Laut fuhr er fort: „Nur ein Kratzer. Kann sogar sein, dass der Schlitten dadurch noch schneller wird. Wegen des, äh … Luftwiderstands. Jetzt ist er aerodynamischer, wie wir Piloten so zu sagen pflegen." Selbstbewusst stemmte Rink die Hände in die Seiten und strahlte seinen Bruder an. Tink war für einen Moment überrascht. Er wusste nicht, ob an dem eben Gehörten etwas dran sein konnte.

Lea verstand nichts vom Fliegen, war sich aber ziemlich sicher, dass Rink auch nicht viel mehr Ahnung davon hatte. Aber sie hatte auch keine Lust,

die beiden weiter streiten zu hören, weshalb sie sich nun zu Wort meldete: „Rink, Tink, der Schlitten und die Rentiere sind wunderschön, aber warum habt ihr sie gerufen? Wir können doch jetzt noch nicht von hier verschwinden? Wir müssen doch erst den Weihnachtsmann befreien!“

„Menschenkind …“ Tink blickte ihr tief in die Augen, seine Schlappohren wehten dabei im Wind. „WIR gehen nirgendwohin.“

„Aber wozu habt ihr dann den Schlitten landen lassen?“

„Er wird DICH nach Hause bringen“, erklärte Tink. „Du steigst auf, nimmst die Zügel und denkst ganz fest an dein Zuhause. An deine Mutter, an das, was du liebst. Die Rentiere finden den Weg dann von allein. Sie werden dich sicher dort absetzen. Du musst nach Hause! Das hier ist kein Platz für kleine Mädchen.“

Nach Hause. Für einen kurzen Moment erschien Lea dieser verlockende Gedanke vollkommen vernünftig, dann wurde sie wütend. „Was soll das heißen, nichts für kleine Mädchen?! Ich bin ein ganzes Stück größer als du und dein verrückter Bruder und außerdem werde ich euch auf keinen Fall im Stich lassen! Ihr habt doch gesehen, wie gefährlich die Riesenhelme sind und …“

„Das ist ja der Grund!“, unterbrach Rink sie. „Die Kerle sind gefährlich und du bist ein Klotz am Bein. Ohne dich bewege ich mich flink und leise wie ein Ninja. Am besten nimmst du meinen nichtsnutzigen Bruder auch mit. Ich werde den Alten allein retten.“

„Rink, du Idiot, was redest du denn da?“ Tink, der Leas Hand gehalten hatte, ließ diese los und machte einen Schritt in Richtung seines Bruders.

Rink zuckte mit den Schultern. „Okay, okay, du kannst bleiben, aber das Menschenkind muss weg. Wir sind hier als Such- und Rettungselfen, nicht als Babysitter.“

Lea wirbelte herum und lief davon. Sie war so wütend darüber, dass diese zwei Zwergelfen sie wie ein Kleinkind behandelten. Niemals würde sie sich einfach so wegschicken lassen! Lieber würde sie den Weihnachtsmann wieder auf eigene Faust suchen. Was dachte sich dieser freche Elf dabei? Babysitter! Er selbst brauchte am allerdringendsten einen Babysitter.

„Lea, komm zurück!“, hörte sie Tink rufen. Doch das war Lea egal. Sie wollte weg von den beiden. Da sowohl die Aufzugtüren als auch die zum Treppenhaus geschlossen waren, lief sie an beiden Türen vorbei. Unter ihren Füßen stob der frisch gefallene Pulverschnee auseinander. Das perfekte Weihnachtswetter. Sicher freuten sich da draußen schon alle auf die morgige Bescherung.

Nur Lea wusste es besser. Es würde ein kurzes und trauriges Fest werden, wenn sie nicht bald den Weihnachtsmann fand, und jetzt auch noch das: Ihre eigenen Verbündeten fielen ihr in den Rücken und wollten sie wegschicken.

Sie verlangsamte ihre Schritte, denn sie hatte das andere Ende des Daches erreicht. Vor ihr war eine kleine Brüstung. Wenn sie darübersah, würde sie sicher die ganze Stadt überblicken können. Sie ging auf die kleine Mauer zu, stützte ihre Arme darauf und zog sich bis zur Brust daran hoch, um besser hinunterschauen zu können.

Das, was Lea jetzt sah, ließ ihr den Atem stocken. Ihr Mund blieb offen stehen. Dicke Schneeflocken landeten auf ihren vom Laufen geröteten Wangen und schmolzen. Hinter sich hörte sie die streitenden Elfenbrüder, die nach ihr suchten. „Lea, was machst du da? Komm zurück!“

Doch Lea blieb, immer noch wie versteinert, wo sie war. Halb über die Brüstung hängend starrte sie nach unten. So etwas hatte sie noch nie gesehen. Leise flüsterte sie: „Oh mein Gott.“

„Lea, was ist denn? Bist du in Ordnung?“ Tink hatte sie als Erster erreicht und sah sie besorgt an.

Lea ließ sich von der Brüstung herabgleiten und lehnte sich mit dem Rücken dagegen. „Ihr zwei Helden seid doch hierher geflogen, nicht wahr?"

Tink nickte. Auch Rink hatte die beiden endlich erreicht, rutschte beim Bremsen jedoch aus und wäre gestürzt, hätte Tink ihn nicht am Arm festgehalten.

„Ihr seid also geflogen?", fuhr Lea fort. „Dann müsst ihr mir aber wirklich mal erklären, wie ihr DAS da übersehen konntet!" Mit dem Daumen zeigte sie hinter sich vom Hausdach hinunter.

Tink ging langsam auf die Brüstung zu, sprang problemlos daran hoch und blickte, in der Hocke auf der schmalen Mauer sitzend, in die Tiefe.

„Oh", war alles, was er sagte.

„Ja, oh!", ergänzte Lea.

Rink wurde es zu bunt. „Was ist denn da unten so Tolles?" Maulend trat er an die Mauer und versuchte, sich daran hochzuziehen. Lea half ihm, indem sie gegen sein Hinterteil drückte, was er mit einem wütenden Grunzen quittierte. Sicherlich hätte er sich noch weiter beschwert, doch was er sah, verschlug selbst ihm die Sprache.

Unter ihnen erstreckte sich ein gewaltiges, schneebedecktes Gefangenenlager. Umgeben von meterhohen, mit blitzendem Stacheldraht besetzten Zäunen. Gefolgt von einem tiefen Graben und ganz außen war das Gelände schließlich noch von einer mehrere Meter hohen, grauen Betonmauer umgeben. In den Ecken dieser Mauer standen hohe Wachtürme und überall waren Scheinwerfer, die jeden Meter des Lagers in gleißendes Licht tauchten. Unzählige Riesenhelme patrouillierten auf dem Gelände und da waren auch die Hunde, die Lea schon bei ihrer Ankunft gehört hatte. Riesige schwarze Ungeheuer, mit spitzen Ohren und kurzen Schwänzen, die alles andere als freundlich aussahen.

Innerhalb des Zaunes standen Dutzende Holzbaracken. Das Ganze war ein gewaltiges Freiluftgefängnis. Und auf dem ganzen Areal sah Lea Männer in der rot-weißen Tracht des Weihnachtsmanns.

Es gab Weihnachtsmänner mit echten langen wallenden Bärten im Gesicht. Es gab falsche weiße Bärte, die an Gummibändern um Hälse hingen. Manch einer trug seinen falschen Bart sogar in der Hand. Es gab Weihnachtsmänner mit Mützen, ohne Mützen, mit prächtigen Mänteln oder nur rot-weißen Pullovern. Tink sah schwarze Stiefel mit goldenen Schnallen, einige trugen aber auch braune Stiefel, andere gar Turnschuhe.

Auch Lea blickte wieder nach unten und vor ihren Augen lag ein rot-weißes Meer von Weihnachtsmännern. Viele standen in Gruppen beisammen, andere gingen allein umher. Wieder andere waren dicht an den Zaun herangetreten und stritten mit ihren Bewachern.

Es war unmöglich zu sagen, wie viele Weihnachtsmänner sich noch in den Baracken aufhielten, doch Lea schätzte, dass hier insgesamt mindestens tausend Menschen eingesperrt sein mussten.

Das allein war schon schlimm genug, schlimmer noch war nur, dass einer dieser Weihnachtsmänner der ECHTE war.

Der, den sie suchten.

Vor ihnen lag die Nadel in einem gut bewachten Hochsicherheits-Heuhaufen.

Vorwurfsvoll sah Lea zu Tink hinüber „Also, wie genau habt ihr das da übersehen können?“

„Wir kamen von Norden und wären fast abgestürzt, weil …“

„Was heißt hier abgestürzt?!“, unterbrach Rink seinen Bruder. „Das war eine 1A-Punktlandung. Kann ich ja nichts dafür, dass dieses … dieses Lager hier genau im toten Winkel lag. Wir konnten es gar nicht sehen. So ist das. Wir konnten es nicht sehen …“

Tink war nicht in der Stimmung, sich zu streiten. Zutiefst erschüttert flüsterte er immer wieder, wie furchtbar das Ganze sei. Lea konnte sehen, wie sehr ihn der Anblick aufwühlte.

Ihre Lage schien aussichtslos. Was sollten ein junges Mädchen ohne Telefon und zwei Elfen in Badeshorts schon gegen diese Übermacht ausrichten? Es schien, als hätte sich die ganze Welt gegen sie verschworen. Selbst Rink machte einen entmutigten Eindruck. „Sind die Menschen denn alle verrückt geworden?“, fragte er niedergeschlagen.

Zum ersten Mal in ihrem Leben schämte sich Lea dafür, ein Mensch zu sein. Sie wusste, dass Menschen viele Dinge taten, die nicht gut waren. Krieg, Umweltverschmutzung und vieles andere, aber jetzt wurde ihr zum ersten Mal bewusst, dass sie selbst zu dieser Gruppe, genannt „MENSCHEN“, gehörte. Sie selbst war Teil des Ganzen und wenn das Ganze Fehler machte, war dies dann nicht auch ihre Schuld?

Aber Lea wollte doch gar nicht, dass so etwas passierte. Niemand hatte sie gefragt! Jemand anderes hatte entschieden und jetzt steckte sie mittendrin.

Wieder einmal zeigte sich, dass Lea ein ganz besonderes Mädchen war. Bei Ungerechtigkeit steckte sie ihren Kopf nicht in den Sand. Lea würde nicht zulassen, dass jemand eine so schlechte Entscheidung in ihrem Namen, im Namen aller Menschen traf!

Mit einem Mal kam ihr eine Idee. Entschlossen blickte Lea dem immer noch auf der Mauer hockenden Tink in die Augen. „Euch muss klar sein, dass ich hier nicht ohne IHN weggehe. Ich habe einen Plan und könnte etwas Hilfe gebrauchen. Falls ihr aber weiterhin denkt, das hier wäre nichts für ein Menschenkind, dann versuche ich es eben allein. Also helft mir oder geht mir aus dem Weg!“

In diesem Moment, mit im Wind wehenden Haar und den zu Fäusten geballten Händen, wirkte Lea gar nicht mehr wie ein Kind. Sie stand da wie eine Kriegerin, bereit zum Gefecht.

Die Elfen tauschten kurze Blicke aus, bevor Rink schließlich antwortete: „Na dann, lass mal hören, Menschenkind.“

Lea schilderte ihren Plan, während sie über das Dach in Richtung Treppenhaus stapften. Es schneite immer noch, trotzdem war der Schlitten mit den drei jungen Rentieren deutlich zu sehen.

„Der Schlitten muss weg!“, bestimmte Lea. „Die Riesenhelme könnten jeden Augenblick hier auftauchen.“

Und tatsächlich hörte Rink auf sie, ging hinüber zu den Tieren und flüsterte E-Mail etwas ins Ohr. Der grunzte zufrieden und stieß mit dem Geweih durch die Luft. Auch die anderen Rentiere scharrten aufgeregt mit den Hufen.

Tink trat neben Lea und sagte: „Ich werde dich begleiten. Was du da vorhast, ist ganz schön gefährlich.“ Noch bevor Lea widersprechen konnte, fügte er hinzu: „Mein Bruder wird den anderen Teil deines Planes ausführen, aber ich bleibe bei dir. Das ist mein letztes Wort. Und jetzt, tapfere Lea, tritt einen Schritt zurück.“

Und schon schoss der Schlitten um Haaresbreite an Lea vorbei. Sofort schnellte das seltsame Gespann in einer steilen Kurve in den Nachthimmel. Zurück blieb nur eine wirbelnde Spur aus Eis und Schnee und natürlich das leise Klingeln von tausend goldenen Glöckchen. Lea blickte dem Schlitten nach und fragte sich, ob sie ihn je wiedersehen würde. Zumindest würde sie ihn niemals vergessen.

Rink öffnete bereits mit einem Ruck die Tür zum Treppenhaus. „Also los! Ich hoffe wirklich, du weißt, was du tust, Menschenkind, und du Bruderherz, pass gut auf unsere neue Freundin auf. Gebt mir zwei Minuten und macht euch dann auf den Weg. Viel Glück!“ Damit verschwand er im Inneren des Gebäudes.

Lea fror und obwohl die Riesenhelme nicht wissen konnten, wo sie waren, würden sie irgendwann auch hier oben auf dem Dach suchen. Es war an der Zeit zu verschwinden. Hoffentlich fanden sie dann schnell einen Computer und hoffentlich würde ihr Plan gelingen und hoffentlich ging es ihrer Mama gut, hoffentlich …

„Wird schon klappen!“, machte sie sich selbst Mut. „Es wird alles gut gehen.“

Das sollte es besser auch, denn einen anderen Plan hatten sie nicht und die Nacht würde nicht ewig dauern. Morgen war Weihnachten. Alles hing jetzt von ihnen ab. Es musste einfach funktionieren.

Nachdem sie Rink den gewünschten Vorsprung gegeben hatten, waren Lea und ihr grüner Begleiter ebenfalls ins Treppenhaus getreten. Ganz leise natürlich, um sich ja nicht durch ein Geräusch zu verraten. Schließlich konnten die Riesenhelme ja ebenfalls gerade im Treppenhaus sein.

Doch alles war still geblieben und so schlichen die beiden langsam ein Stockwerk tiefer. Zum Glück waren auch hier die Türen unverschlossen und sie konnten die Etage ungehindert betreten.

Der Gang, der vor ihnen lag, war dunkel, doch Lea fand einen Lichtschalter neben der Tür und drückte ihn. Sofort blinkte das grelle Neonlicht auf und offenbarte einen langen Flur, beidseitig gesäumt von mehreren Glastüren.

„Na dann, versuchen wir unser Glück“, sagte Tink und ging auf die erstbeste Tür zu. Sie war aus geriffeltem Glas und trug die Aufschrift „WK1“, was nicht wirklich aufschlussreich war. Dennoch öffnete

Tink sie langsam und als er sicher war, dass die Luft rein war, stieß er sie vollends auf.

Lea war die Sache noch nicht ganz geheuer und sie flüsterte: „Vielleicht sollten wir noch warten, bis wir von Rink hören. Warum braucht er nur so lange?“

Genau in diesem Moment schrillte ein greller Pfeifton durch das komplette Gebäude und sie musste sich die Ohren zuhalten. Tink rollte seine Schlappohren einfach zusammen. Lea hielt ihm den erhobenen Daumen entgegen. „Wow, das dürfte als Ablenkungsmanöver reichen. Auf deinen Bruder ist wirklich Verlass.“

Teil eins von Leas Plan war nämlich das Ablenkungsmanöver. Groß und laut genug, um ihnen Zeit für den Einbruch in irgendein Büro zu verschaffen. Was immer Rink auch getan hatte, es war zumindest laut genug.

Wahrscheinlich hatte er den Feueralarm ausgelöst. Dies wiederum sollte ihnen genug Zeit für Teil zwei von Leas Plan geben.

Sie schaltete das Licht an und betrat den Raum mit der Bezeichnung „WK1“. Es handelte sich anscheinend um eine Art Vorzimmer mit einem Empfangsschalter, einigen Metallstühlen mit Ledersitzen, einem kleinen Tischchen und zwei riesigen Zimmerpflanzen.

An der gegenüberliegenden Wand befand sich eine große, schwere Holztür mit Metallbeschlägen. Hinter dem Empfangsschalter war ein kleiner Schreibtisch und, Gott sei Dank, ein Computer.

Lea setzte sich an den Schreibtisch und schaltete den Rechner ein. Leider zeigte der Bildschirm recht schnell genau die zwei Worte, die Lea nicht hatte sehen wollen: PASSWORT EINGEBEN.

Im ersten Moment wollte Lea aufstehen und es in einem anderen Büro versuchen, doch dann kam ihr eine Idee. „Bitte, liebe Erwachsene, seid so einfallslos, wie ich glaube“, flüsterte sie, während sie „WK1“ eingab. Tatsächlich, der Monitor wurde blau und sie hatte Zugriff auf alle Dateien.

„Nenn mich Lea, die Superhackerin!“, rief sie Tink, der an der Tür Wache hielt, lachend zu.

„Lea, die was?“

„Ach, vergiss es … Wir hatten gerade einfach auch mal Glück.“

Tink verstand zwar kein Wort von dem, was das Menschenkind da vor sich hin brabbelte, zeigte ihr aber trotzdem zwei erhobene Daumen, was Lea mit einem erneuten Lächeln beantwortete.

Sie öffnete den Internetbrowser und klickte sich auf die Website von „KIDZKONEKT“, dem größten sozialen Netzwerk für Kinder, und öffnete ihren Account. Der entscheidende Teil ihres Plans begann. Hiervon würde abhängen, ob dieses Weihnachten stattfand oder ob Kinder weltweit eine unangenehme Überraschung erleben würden.

Plötzlich erstarb der nervige Pfeifton des Feueralarms. Auf der einen Seite eine angenehme Entlastung für Tinks gepeinigte Ohren, die er sogleich wieder ein wenig ausrollte, auf der anderen Seite kein gutes Zeichen für Leas Plan. Es bedeutete nämlich, dass die Riesenhelme herausgefunden hatten, dass es sich um einen falschen Alarm handelte. Und sie hatten das schneller als erwartet geschafft.

„Wie lange noch, Lea? Wir müssen verschwinden“, drängte Tink. „Sie können jeden Moment hier auftauchen.“

Leas Finger flogen wie wild über die Tasten. Jetzt brauchte sie nur noch etwas, das alle an Weihnachten erinnern würde. Tannen, Schnee, Lichter … ZIMT! Das war es – Zimt! Schnell tippte sie noch ein letztes Hashtag unter ihren Post #Zimtrevolution, dann drückte sie eilig auf „senden“.

Plan ausgeführt!

Nun würden sie einfach abwarten müssen, ob alles so klappte, wie Lea es sich vorstellte, oder ob die Riesenhelme wirklich Weihnachten verhindern konnten. Jetzt noch schnell eine Nachricht an Mama. Nur ein paar Zeilen und sie bräuchte sich nicht mehr so zu sorgen.

Daraus wurde leider nichts mehr.

ABLAGE
WK1

GESUCHT
LIMO

„Sie kommen.“ Tinks Stimme, zuerst kaum mehr als ein fassungsloses Flüstern, wuchs zu einem Schrei an: „Sie kommen!!!“

Langsam schoben sich die Aufzugtüren auf und das Erste, was Tink sah, war ein glänzender goldener Stern.

Der Sheriff persönlich!

Beinahe konnte Tink das bösartige Grinsen unter dem Riesenhelmvisier erkennen. Der Elf knallte die Glastür des Büroraums zu und blickte sich verzweifelt nach etwas um, mit dem er sie verbarrikadieren konnte. Es gab nichts. Der Weg zum Treppenhaus war abgeschnitten, blieb also nur die seltsame Holztür. Er rüttelte daran, doch sie war verschlossen.

Sie saßen in der Falle. Es blieben ihnen nur noch Sekunden, bevor ein ganzer Trupp Riesenhelme hereingestürzt käme und sie beide verhaftete.

Lea, die bis jetzt wie versteinert hinter dem Empfangsschalter gesessen hatte, entdeckte vor sich, an einem kleinen Häkchen hängend, einen silbernen Schlüssel. Blitzschnell riss sie ihn herunter und warf ihn in hohem Bogen zu Tink. Der Schlüssel flog durch den Raum. „Versuchs damit!“, schrie sie.

Tink rammte den massiven, silbernen Schlüssel ins Schloss und tatsächlich, ein lautes Klicken und die Tür sprang auf. Lea war mit einem Satz neben ihm, musste jedoch noch einmal zurück an den Computer, um ihn auszuschalten. Die Riesenhelme sollten nicht unbedingt erfahren, was sie getan hatte. Genau in diesem Moment zerbarst die Glastür.

Der Lärm, mit dem das Glas brach, war ohrenbetäubend und ihm folgte das aufgeregte Prasseln unendlich vieler kleiner Splitter, die zu Boden regneten. Einer der umherfliegenden Splitter traf Lea an der Wange, wo er einen kleinen blutigen Kratzer hinterließ.

Erst jetzt erkannte sie, was die Tür zerstört hatte. Einer der Riesenhelme hatte sie einfach mit dem Kopf eingerannt. Der Aufprall war jedoch härter gewesen, als der Helmträger erwartet hatte. Anstatt Lea und Tink sofort

WK1

festzunehmen, schaute er sie nur einen Moment verwundert an, hielt sich den Helm und taumelte rückwärts wieder aus dem Raum hinaus.

„Sieh sich das einer an! Die schöne Tür! Sie war überhaupt nicht verschlossen. Ihr hättet sie einfach so öffnen können!", schimpfte der Sheriff helmschüttelnd mit einem Blick auf den am Boden liegenden Kollegen.

„Wenn man nicht alles selber macht", schnaubte er und starrte dann zu Lea und Tink. „Und jetzt zu euch beiden Störenfrieden. Endlich habe ich euch gefunden. War ja ein netter Einfall mit dem Feueralarm, aber ich wusste, ihr würdet hier oben irgendwo stecken. Also, was macht ein kleines Mädchen, mit einem … ähm, was zum Teufel ist das überhaupt?" Der Sheriff sprach voller Abscheu, während er auf Tink deutete. Lea schwieg und funkelte ihn wütend an. Obwohl der Schnitt auf ihrer Wange nicht sehr tief war, lief ihr ein Tropfen Blut das Gesicht entlang. Zusammen mit ihren furchtlos blitzenden grünen Augen und dem tiefschwarzen Haar brachte sie selbst den Sheriff ins Stocken. Irgendetwas stimmte mit diesem Gör nicht. Sie hatte gar keine Angst.

Völlig unerwartet gab Tink Lea einen Stoß, der sie in den anderen Raum hinter der Holztür taumeln ließ.

„Lauf, Lea!", schrie er. „Bring dich in Sicherheit!"

Sie verstand sofort, was er vorhatte, und versuchte, die Tür wieder zu erreichen, doch Tink hatte sie bereits zugezogen. Lea stand allein im Dunkeln da und trommelte wie wild gegen das dicke Holz.

Sie konnte hören, wie Tink den Schlüssel abzog, gefolgt von unverständlichen Schreien des Sheriffs und der anderen Riesenhelme.

Die Tür aber blieb geschlossen. Sie war allein.

Wieder einmal.

Was Lea nicht wusste, war, dass Tink den Schlüssel vor den Augen des Sheriffs und seiner Männer mit einem Grinsen im Gesicht heruntergeschluckt hatte. Erst dann überwältigten ihn die Riesenhelme und führten ihn ab.

Dazu legten sie ihm Handschellen an und schleiften ihn zum Aufzug. Während der ganzen Zeit hoffte Tink von Herzen, dass das tapfere Menschenkind entkommen würde. Er hoffte auch, dass ihr Plan funktionierte. Sonst hing alles allein von seinem Bruder ab. Bei diesem Gedanken musste Tink bis über beide Schlappohren grinsen.

Dann, ja dann steckten sie wirklich in sehr großen Schwierigkeiten.

Kapitel 5

Verbündete

Wie so oft scrollte Emil auch heute Nacht zu später Stunde noch durch sein Handy. Ihm fiel ein, dass er seinen KIDZKONEKT-Account heute noch gar nicht gecheckt hatte, und er öffnete die App auf seinem Smartphone. Tatsächlich, da war ein neuer Eintrag auf der Pinnwand – #Zimtrevolution, was hatte es denn damit auf sich? Neugierig begann er zu lesen.

Der Eintrag kam von Lea, einem Mädchen aus seiner Schule. Sie war einige Klassen unter ihm und er mochte sie. Obwohl oder gerade weil sie ein bisschen sonderbar war.

Einmal war sie mitten in der Pause an der Dachrinne des Schulgebäudes hochgeklettert. Erst als die Lehrerin, die vollkommen aus dem Häuschen war, damit gedroht hatte, die Feuerwehr zu rufen, war sie heruntergekommen.

Lea. Das Mädchen, das überall hochkletterte. Das nie einfach vorbeiging, wenn Schwächere gehänselt wurden.

Dieses Mädchen also hatte ihm eine Einladung geschickt. Verblüfft las Emil den Text dieser Einladung. Einmal. Zweimal. Auch beim dritten Mal schien das, was er las, immer noch unglaublich.

Was, wenn sich da einer einen Spaß mit ihm erlaubte? Das konnte doch alles gar nicht wahr sein!

Schließlich entschied er sich jedoch, Lea zu glauben. Er würde diese Einladung an jeden weiterleiten, den er kannte – und er kannte sehr, sehr viele

Kinder. Morgen würde sich dann rausstellen, was an dieser verrückten Einladung von diesem verrückten Mädchen dran war.

Während sie dabei zuhören musste, wie Tink verhaftet und abgeführt wurde, hämmerte Lea weiter mit ihren Fäusten gegen die Tür.

Warum hatte er das getan?

Jetzt war sie ganz allein im Dunkeln. Tränen begannen ihr über das Gesicht zu laufen, als sie langsam mit dem Rücken an der Tür entlang zu Boden sank. Sie zog ihre Beine an und weinte.

Es war ihre Idee gewesen, in die Büros zu gehen. Sie fühlte sich furchtbar schuldig. Sicher brachten sie Tink jetzt auch in das Lager hinter dem Gebäude und sie selbst würde die Nächste sein.

Was jetzt passierte, war wieder einmal typisch Lea. Von einer Sekunde auf die andere hörte sie auf zu schluchzen und wischte sich die heißen Tränen ab. Sie beschloss, es den Riesenhelmen so schwer wie möglich zu machen.

Die Kerle konnten jeden Moment hier hereinstürmen. Lea wusste ja nicht, dass der einzige Schlüssel mittlerweile an einem sehr sicheren und ziemlich unzugänglichen Ort aufbewahrt wurde. Nämlich in Tinks grünem Bauch.

Um Lea herum war es stockdunkel. Es gab schon wieder keine Fenster (Was hatten die Riesenhelme nur gegen Fenster?), aber vom Gefühl her war der Raum recht groß. Während sie aufstand, griff Lea instinktiv nach oben rechts und tatsächlich fand ihre Hand einen Lichtschalter. Sie drückte darauf und mit kurzer Verzögerung blinkte eine lange Reihe von an der Decke hängenden Neonleuchten auf. Lea stieß vor Schreck einen kurzen Schrei aus.

Direkt vor ihr stand eine ganze Armee Riesenhelme, die im Dunkeln auf sie gewartet hatte. Ihre gigantischen Helme glänzten über den schwarzen Uniformen.

Jetzt war endgültig alles aus!

Komischerweise bewegten sie sich nicht. Packten sie nicht. Verhafteten sie nicht und schleiften sie nicht ins Lager.

Die Kerle taten einfach gar nichts.

Erst jetzt bemerkte Lea, dass es sich bei den so gleichmäßig aufgereiht dastehenden Riesenhelmen um leere Uniformen handelte. Sie standen da wie Schaufensterpuppen. Jedoch erinnerten sie wenig an die im Kaufhaus. Sie wirkten böse. Die glänzenden Visiere, die riesigen Helme, und all das komplett in Schwarz.

Lea hatte einen dicken Kloß im Hals, als sie langsam auf die Riesenhelmpuppen zuging. Mit einem Schlag wurde ihr bewusst, dass dort draußen in jeder dieser Uniformen tatsächlich ein echter Mensch steckte. Natürlich hatte sie schon vorher gewusst, dass es sich nicht um Roboter oder Aliens handelte, aber erst jetzt, als sie die schwarzen Uniformen da stehen sah, wurde ihr das so richtig klar.

Die Erwachsenen mussten wirklich alle verrückt geworden sein. Sich so schrecklich zu verkleiden, nur um sich dann noch grausamer zu benehmen.

Ein lauter Knall riss Lea aus ihren Gedanken.

Die Tür!

Der Sheriff und seine Mannschaft versuchten, sie von außen aufzubrechen.

Sie hatten den Schlüssel nicht gefunden!, schoss es Lea durch den Kopf. Wie auch immer Tink das geschafft hatte, er hatte ihr damit weitere wichtige Minuten verschafft. Vielleicht gab es irgendwo einen zweiten Ausgang, durch den sie verschwinden konnte. Neugierig ging Lea an den aufgereihten Kampfanzügen, die sie jetzt immer mehr an Ritterrüstungen erinnerten, vorbei.

Der Raum war gigantisch. Eher eine Halle, und außer den „Rüstungen“ gab es hier unzählige andere seltsame Dinge, von denen Lea keine Ahnung hatte, um was es sich bei ihnen handelte. Metallkisten, Kabel, elektronische Geräte, Kanister, Stiefel, Gürtel, seltsame goldene Patronen in allen Größen, schwarze Westen mit verschiedenen Ausrüstungsgegenständen daran. Es gab sogar gefährlich aussehende Gewehre und sie glaubte, den Elektroskorpion des Sheriffs in einem Regal stehen zu sehen.

Das hier war eine Art Waffenkammer. WK1!

Leider gab es keinen zweiten Ausgang, keine Treppe, keine Bodenklappe. Lea saß in der Falle.

Ein erneuter Schlag gegen die Tür erinnerte sie daran, dass der Besitzer all dieser Furcht einflößenden Dinge jeden Augenblick hier reinkommen konnte, und wer sollte ihn dann daran hindern, irgendeine seiner Waffen zu benutzen? Dieser Gedanke brachte Lea auf eine Idee: Wer sollte SIE daran hindern, das Gleiche zu tun?

Mit einem Mal sah sie die Dinge in einem ganz anderen Licht. Was konnte ihr hier drin vielleicht von Nutzen sein?

Sie entdeckte einen Stapel Funkgeräte und schaltete eines ein. Vielleicht gab es etwas zu belauschen oder sie konnte damit Hilfe rufen. Leider hörte sie nichts als Rauschen und da Lea nicht wusste, wie die Dinger funktionierten, fand sie auch kein anderes Signal.

Dennoch, ihre Entdeckerlust war geweckt und sie ließ den Blick über die Regale gleiten. Auch die großen und kleinen Kanister nahm sie genau in Augenschein.

„ÖL“

Vielleicht könnte sie ... Kurz darauf lächelte Lea breit, während sie den schweren 20-Liter-Kanister hinter sich her Richtung Tür zog.

Sie würde es den Riesenhelmen nicht leicht machen.

Ganz und gar nicht leicht!

Der Sheriff war wütend. Stocksauer, um genau zu sein. Der ganze Ärger hier war nicht eingeplant gewesen. Ein Angriff auf das Hauptquartier! Wer hätte damit rechnen können?

Das allein wäre ja schon schlimm genug, doch wer sie da attackierte, das war nun wirklich die Höhe.

Haarige, grüne Ungeheuer und ein kleines Mädchen! Unfassbar!

Voller Ekel schüttelte der Sheriff seinen Helm. Er würde den Eindringlingen schon zeigen, wer hier das Sagen hatte. Einer war bereits gefasst und er würde die Kreatur später persönlich verhören, doch zuerst musste er dieses Kind aus der Waffenkammer holen. Darin lagerten einige der neusten Prototypen. Nicht auszudenken … Aber was sollte ein Kind allein schon ausrichten?

Wenn seine Männer nur endlich diese Tür aufbekommen würden.

„Wird's bald! Oder muss ich euch Beine machen?", blaffte er.

„Jawohl, Sir, äh, nein, Sir! Wir haben es gleich geschafft." Nummer 8, der zusammen mit zwei anderen Beamten den spitzen Rammbock einsetzte, wusste, dass er die Tür besser schnell aufbekommen sollte, bevor der Sheriff ihn selbst als Rammbock benutzten würde. Bei diesem Gedanken berührte er seinen geliebten Helm. Ob der ihm dann noch viel helfen würde?

„Los, Männer! Diesmal schaffen wir's! Eins, zwei, drei!", spornte Nummer 8 seine Kollegen an.

Mit ganzer Kraft warfen sie sich gegen die Tür, die splitternd und krachend nachgab.

„Wir sind drin, Sheriff, Sir!"

„Na, worauf warten Sie dann noch! Etwa eine schriftliche Einladung? Stürmen Sie und schaffen Sie dieses Gör aus meinem Ausrüstungslager!"

Sofort ließen die drei ihren Rammbock fallen und rannten durch die zerstörte Tür. Doch was war das?

Anstatt heldenhaft zu stürmen, rutschten alle drei aus. Zwei fielen auf ihre Hintern. Nummer 8 selbst stürzte sogar kopfüber. Alle drei schlitterten gemeinsam durch den Raum – mitten in die Ersatzrüstungen hinein. Dort blieben sie in einem Knäuel aus Armen, Beinen und Helmen liegen.

Der Sheriff traute seinen Augen nicht. Was für eine Bande von Clowns! Den Rest seiner Männer zurückhaltend, spähte er vorsichtig durch die Tür. Tatsächlich, der Boden glänzte verdächtig. Dieses ungezogene Kind musste Öl verschüttet haben!

„Vorwärts, Männer!“, kommandierte er entschlossen. „Aber passt auf, der Boden ist glatt wie Eis. Geht an der Wand entlang oder kriecht auf allen vieren, aber bringt mir dieses Kind!“ Die Stimme des Sheriffs klang beinahe hysterisch und das Wort „Kind“ würgte er regelrecht hervor.

Seine Leute wussten, wie gefährlich er in dieser Stimmung war, und beeilten sich, seiner Forderung nachzukommen. Sie begannen also auf alle erdenklichen Arten die ölig glänzende Fläche zu überqueren. Immer wieder rutschte einer aus und zog dabei einen anderen mit sich.

Der Erste mit trockenem Boden unter den Füßen war Nummer 22, der Rink schon in der Asservatenkammer gesehen hatte. Vorsichtig, um nicht doch noch auszurutschen, schritt er zwischen den Reihen an Ausrüstung entlang.

„Komm raus, Kind!“, lockte er. „Das alles hat doch keinen Sinn! Du machst es nur noch schlimmer. Wo bist du?“

„Ich bin hier!“, tönte es da.

Als Nummer 22 hochblickte, war es bereits zu spät. Lea hatte oben auf dem Regal eine ganze Kiste voll mit Ersatzhelmen entdeckt und genau dieser gab sie jetzt einen kräftigen Schubs.

Polternd kippte die Kiste um und Nummer 22 wurde unter einer Lawine aus Helmen regelrecht begraben. Schnell kletterte Lea vom Regal. Sie musste flink sein, denn die anderen Riesenhelme hatten sie ebenfalls entdeckt und waren beinahe herangekommen.

Lea schnappte sich ein Gerät, das an eine Mischung aus Tennisschläger und Armbrust erinnerte. Sie hatte zwar keine Ahnung, was dieses Ding bewirkte, aber es sah Furcht einflößend aus und sie hoffte, die Riesenhelme damit in Schach halten zu können.

„Stehen bleiben oder ich …"

Ja was denn eigentlich? Schieße? Explodiere? Spritze mit Wasser? Sie entschied sich schließlich für: „Oder ich drücke ab!"

Die restlichen Riesenhelme hielten inne und blickten sich gegenseitig an. Offensichtlich wussten sie nicht, was sie von einer Neunjährigen halten sollten, die eine viel zu große Kampfweste angelegt hatte, mit dreckverschmiertem Gesicht vor ihnen stand und mit einer Tennisschlägerarmbrust auf sie zielte. Ihr Haar hatte Lea mit einem roten Band, das sie gefunden hatte, zurückgebunden und sie sah nun aus wie eine Karatekämpferin.

Nummer 2, der Ranghöchste der restlichen drei Riesenhelme, übernahm das Kommando und brüllte: „Worauf wartet ihr? Schnappt sie euch!"

„Jawohl!", kam es wie aus einem Mund von seinen Untergebenen zurück

und die beiden gingen langsam auf Lea zu, während sie beruhigend auf sie einredeten.

„Ganz ruhig Kind. Du willst doch niemanden verletzen, oder?"

Noch fünf Meter.

„Ich weiß, du hast Angst, aber wenn du artig bist, passiert dir nichts."

Noch vier Meter.

„Du willst doch keinen Ärger bekommen, stimmt's?"

Noch drei Meter.

„Also, sei ein gutes Kind und gib mir die …"

Weiter kam der Riesenhelm nicht, denn Lea drückte ab.

Mit einem lauten Zischen löste sich der tennisschlägerähnliche Teil von dem Gerät und flog blitzschnell nach vorn. Im Flug vergrößerte sich der Ring und ein weites Netz landete über den beiden Angreifern. Blitzschnell zog sich der Ring wieder zusammen und die beiden Riesenhelme waren in einem engen Netzball gefangen. Lea konnte sehen, wie unbequem diese

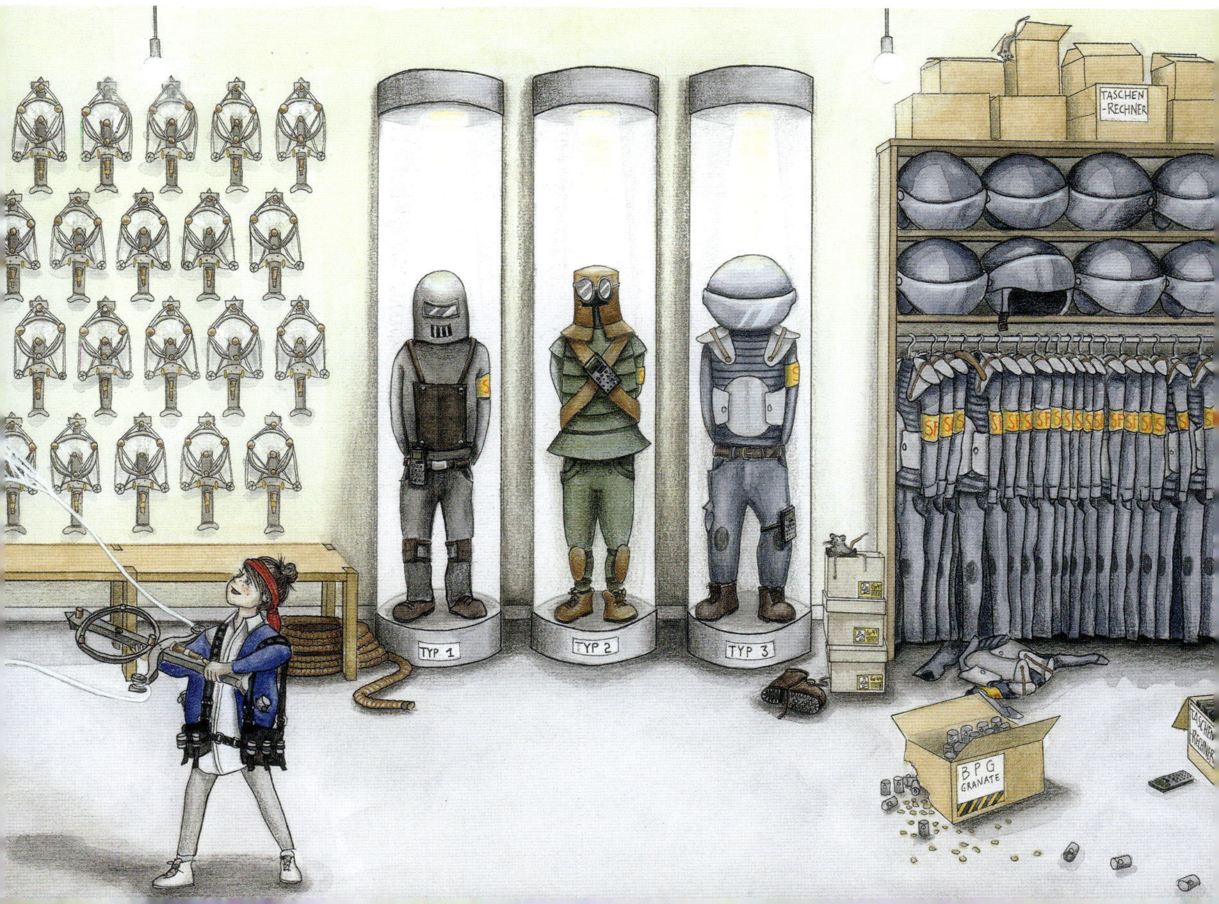

Position sein musste, und bewegen konnten sich die beiden natürlich auch nicht mehr.

„Nimm deinen Fuß aus meinem Gesicht!“, fluchte der eine.

„Und du deine Hand!“, verlangte der andere. „Autsch! Nicht bewegen.“

„Kann ich doch gar nicht.“

Lea, die zuerst Angst gehabt hatte, was passieren würde, konnte sich ein Lachen nicht verkneifen. Der Netzball, und damit die Streitenden in seinem Inneren, begann hin und her zu rollen.

Beinahe wäre Lea entgangen, wie der letzte noch verbliebene Riesenhelm sich heranschlich. Gerade noch rechtzeitig riss sie die Waffe herum und rief: „Stehen bleiben, falls Sie nicht auch zu so einem netten, kleinen Päckchen zusammengeschnürt werden wollen!“

Doch anstatt stehen zu bleiben, kam der Riesenhelm mit der Nummer 2 grinsend näher. Mit kalter Stimme sagte er: „Eins muss man dir lassen, du hast Mut. Aber jetzt ist Schluss mit dem Unsinn.“

Er war kurz davor, Lea zu erreichen, und sie hatte ihn ja gewarnt.

„Sie haben es nicht anders gewollt.“ Lea drückte ab, doch nichts geschah. Erschrocken wiederholte sie den Versuch. Nichts. Das Klicken ließ sie nichts Gutes ahnen.

Klick. Klick. Klick.

Schon stand Nummer 2 direkt vor ihr.

„Tja, der Netzwerfer 3000 hat nur einen Schuss, dann muss man nachladen. Trotzdem, netter Versuch, Kind.“ Hämisch lachend entwand Nummer 2 Lea den Netzwerfer.

Die aber war noch lange nicht bereit, klein beizugeben, und schnappte den erstbesten Gegenstand von ihrer Kampfweste. Damit zielte sie auf den Riesenhelm.

Es handelte sich um ein langes Röhrchen, das sie Nummer 2 direkt vor den Bauch hielt. Empört darüber, dass dieses Gör so widerspenstig war, schrie der: „Gib das her!“, und riss Lea das Rohr aus der Hand. Dabei verfing Leas Zeigefinger sich in einem metallenen Ring, der sich am Ende des Rohrs befand, und zog daran.

Für einen Augenblick starrten beide auf den Ring. Dann hob der Riesenhelm das Rohr erstaunt vor sein Visier. Im nächsten Moment begann er, wie von Sinnen zu schreien: „Blitz-Peng-Gum-Granate! Alle Mann in Deckung!“ Dabei warf er das Röhrchen ans andere Ende der Halle und sich selbst zu Boden. Auch Lea sprang unter eins der Regale und machte sich klein.

Wie sich herausstellte, in allerletzter Sekunde.

Ein greller Blitz erleuchtete den ganzen Raum. Lea presste die Augen zusammen und hielt sich vorsichtshalber auch noch die Hand davor. Hatte der Riesenhelm nicht auch etwas von „Peng“ gesagt?

Sie hatte diesen Gedanken noch nicht ganz beendet, als die Blitz-Peng-Gum-Granate brüllend explodierte. Das gesamte zehnstöckige Gebäude erzitterte und nicht wenige Fensterscheiben gingen klirrend zu Bruch. Hier drin war der Knall ohrenbetäubend, aber sogar Zwickenpflug fiel in seinem Büro im dritten Stock beinahe vom Stuhl. Er verlor sowohl Brille als auch Toupet und als er nach oben zur Decke blickte, rieselte ihm Staub ins Auge.

Als Lea die Augen öffnete, sah sie erst einmal überhaupt nichts, alles war voller Staub. Auch hören konnte sie nicht richtig, denn in ihren Ohren piepste es schrecklich.

Langsam kroch sie unter dem Regal hervor und tastete ihren Körper ab. Sie war unverletzt. Sie hoffte, dass auch niemand anderem etwas passiert war. Dass es sich bei dem Röhrchen um eine kleine Bombe handelte, hatte sie ja nicht ahnen können. Was diese Kerle sich alles an eine Weste hängten …

Plötzlich rollte etwas auf sie zu. Erschrocken wich Lea zurück, doch es waren nur die zwei im Netz gefangenen Riesenhelme, die nun auch noch mit einer rosafarbenen kaugummiartigen Substanz überzogen waren. Auch die beiden schienen unverletzt zu sein, waren aber zu sehr mit sich selbst beschäftigt, als dass sie Lea bemerkt hätten.

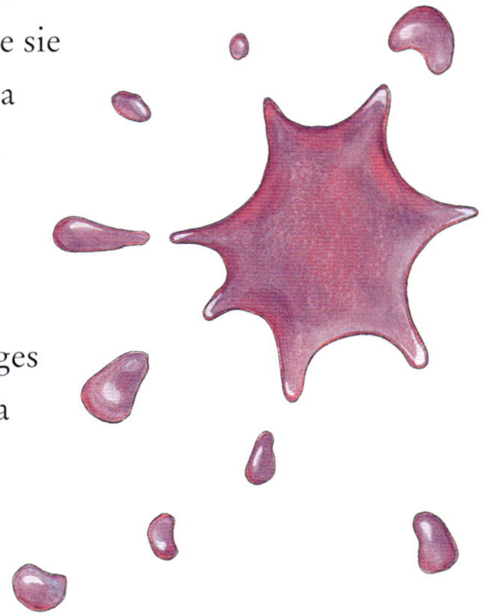

Langsam, denn vor lauter rosa Staub konnte sie nur wenige Meter weit sehen, machte sich Lea auf den Weg Richtung Tür. Wenn überhaupt, dann konnte sie jetzt entkommen. Während sie sich Schritt für Schritt vorwärts tastete, wurde ihr erst das Ausmaß der Verwüstung bewusst. Der ganze Lagerraum war ein einziges Durcheinander und alles war von diesem rosa Zeugs überzogen. Da sie den Blitz gesehen und das Peng gehört hatte, nahm sie an, dass es sich dabei um den Gum-Teil der Granate handeln musste. Die meisten Regale waren umgestürzt und überall lag deren rosa verklebter Inhalt auf dem Boden verstreut herum. Links von ihr hing eine rosa Blase an der Wand, die im Luftzug hin- und herwackelte wie eine Kaugummiblase.

Im Hintergrund hörte sie auch den Feueralarm, der nun heute zum zweiten Mal ausgelöst worden war. Diesmal mit wirklich explosiver Ursache.

Plötzlich entdeckte sie vor sich einen der Riesenhelme. Er saß auf dem Boden, die Beine von sich gestreckt, den Helm schief auf dem Kopf, den Körper mit rosa Glibber bedeckt.

Es war Nummer 2.

Seine Uniform hing in rosa verklebten Fetzen an ihm herunter, aber er schien trotz allem unverletzt zu sein.

Vorsichtig schlich Lea sich an ihm vorbei. Im Moment schien keine Gefahr von Nummer 2 auszugehen. Das Öl, das sie auf den Boden vor der Tür gegossen hatte, war von so viel Staub, Schmutz und Bubble-Gum bedeckt, dass sie problemlos darüberlaufen konnte.

Geschafft!

Im Vorraum war die Luft gleich viel besser. Lea atmete tief ein und zog gerade das rote Band, das ihr Haar hielt, wieder fest, als eine lederbehandschuhte Hand sie im Nacken packte. Lea wollte aufschreien, doch ihr blieb die Luft weg.

„Hab ich dich!“ Der Sheriff! Sie hatte den Sheriff vergessen!

Mit aller Kraft versuchte sie, sich loszureißen und um sich zu treten. Doch der Sheriff hob sie hoch wie eine Puppe und vor Schmerz war sie wie gelähmt.

„Hör auf, dich zu wehren. Sonst brichst du dir noch das Genick“, sagte er mit einem so bösartigen Unterton, dass Lea tatsächlich stillhielt.

„Du bist also der Eindringling, der uns seit Stunden auf Trab hält. Sieh dir nur an, was du mit meiner geliebten Waffenkammer gemacht hast.“ Der Sheriff schüttelte den Kopf.

„Ein kleines Mädchen, dass ich nicht lache. Du bist eine ausgewachsene Terroristin und wirst für all das bezahlen!“

Plötzlich kamen vom Flur her weitere Riesenhelmen herbei, was der Sheriff mit einem zufriedenen Grunzen quittierte.

„Schafft dieses Gör nach unten ins Lager. Ich werde mich später noch mit ihr befassen.“

Sofort wurde Lea von mehreren Riesenhelmen gepackt. Man riss ihr die Kampfweste vom Leib und drehte ihr die Arme auf den Rücken. Im nächsten Moment spürte sie das kalte Metall von Handschellen an ihren Handgelenken. Glücklicherweise rollten in diesem Moment die beiden im Netz gefangenen Riesenhelme schimpfend vorbei, sodass ihr unaufmerksamer Bewacher nicht mitbekam, dass die Handschellen nicht richtig zuschnappten. Unsanft gab er ihr einen Stoß. „Los, zum Aufzug!“

Wütend fuhr Lea den groben Riesenhelm an: „Hören Sie sofort auf, mich zu schubsen!“

Für einen Augenblick stockte der Riesenhelm. Dieses kleine, rosa staubige Mädchen wollte ihm Befehle erteilen? „Du machst, was ich sage!", drohte er ihr wütend. „Verstanden?!" An seine Kollegen gewandt fuhr er fort: „So ein freches Biest habe ich ja noch nie gesehen."

Er hätte sich lieber nicht umdrehen sollen, denn jetzt nutzte Lea die Gelegenheit und streifte die losen Handschellen ab. Blitzschnell befestigte sie den einen Teil der Handschellen an der Yuccapalme, die hier im Vorzimmer stand, und den anderen Teil am Handgelenk dieses unverschämten Riesenhelms. Als dieser das Klicken hörte, rannte Lea bereits an ihm vorbei auf den Flur.

Er versuchte, sie zu verfolgen, verfing sich jedoch mit der Palme im Türrahmen. Lea rannte den Gang entlang Richtung Treppenhaus. Hinter sich hörte sie den Sheriff brüllen und toben. Wenn doch nur der Aufzug da wäre. Doch die Türen waren geschlossen. Stattdessen riss sie die Tür zum Treppenhaus auf und lief genau in die Arme zweier weiterer Riesenhelme.

Jetzt war es wirklich aus.

Dieses Mal wurden Lea keine Handschellen angelegt. Sie wurde überhaupt nicht gefesselt und dennoch gab es für sie keine weitere Fluchtmöglichkeit. Die zwei Kerle, die sie im Treppenhaus erwischt hatten, hielten sie eisern zwischen sich fest.

Nachdem sie von einem erleichterten Sheriff kurz gelobt und dann ausführlich über die Gefährlichkeit ihrer Gefangenen informiert wurden, hieß es: „Schafft sie ins Lager! Morgen beim Verhör werden wir schon klären, mit wem wir es hier zu tun haben. Auch warum sie hier ist, werden wir dann erfahren."

Lea konnte den kalten Blick, mit dem der Sheriff sie bei diesen Worten musterte, beinahe spüren.

Die Riesenhelme trugen sie daraufhin zum Aufzug. Zwei weitere Bewacher folgten. Selbst wenn es noch eine Chance zur Flucht gegeben hätte – Lea war nun wirklich so erschöpft, dass sie sogar während der kurzen

Aufzugfahrt die Augen schloss.

Wie es wohl im Lager sein würde? Ob Tink dort auf sie wartete? Und wo Rink wohl steckte? All diese Fragen schwirrten ihr durch den Kopf. Doch in dem Moment, in dem sie die Augen schloss, erschien das Bild ihrer Mutter vor ihr.

„Sei tapfer, Lea", schien ihre Mama ihr zuzuflüstern. „Wenn man überzeugt ist, das Richtige zu tun, darf man niemals aufgeben."

Mit einem Ruck kam der Aufzug zum Stehen und Lea öffnete die Augen. War das gerade ein Traum gewesen? War sie wirklich kurz eingenickt? Das Gesicht war verschwunden, doch die Stimme ihrer Mutter hallte noch immer durch Leas Kopf.

Sei tapfer.

Die Türen des Aufzugs schoben sich auseinander und die Riesenhelme zerrten sie aus der Kabine über einen Flur bis zu einer Tür. Es war eine dicke rote Stahltür und einer ihrer Bewacher sperrte sie mit einem Schlüssel seines klimpernden Schlüsselbundes auf.

Als sie aus dem Gebäude ins Freie traten, senkte Lea automatisch den Kopf. Der Wind blies ihr mit klirrender Kälte ins Gesicht. Es hatte zwar aufgehört zu schneien, aber wie in der Nacht zum 24. Dezember nicht anders zu erwarten, war es bitterkalt.

Die Tür hatte sie in den von Maschendraht umgebenen Gang zwischen der Außenmauer und dem Lager geführt. Der Gang war nur wenige Meter breit und an seinem Ende befand sich ein kleines Tor mit einem dazugehörigen Wachhäuschen.

Vor Lea lag das Gefangenenlager, das sie bereits vom Dach aus gesehen hatte, und dies hier war zweifellos so etwas wie der Hintereingang. Leider

Weihnachtsmannlager
LAGEPLAN
FINANZAMT
1 Finanzamtgebäude
2 Weihnachtsmannlager
Baracken
Hauptturm
Weihnachtsmannschleuse
Finanzamtgebäude
Ausgang Z
Ausgang A
Weihnachtsmannlager
Sicherheitszentrale
GESUCHT
SF
SF

Z
145
SF
WEIHNACHTSMANN-
SPÜRHUND
NICHT FÜTTERN

konnte sie nicht auf die Straße sehen, da das ganze Gelände ja noch einmal von einer Außenmauer umgeben war.

Sie versuchte, selbstständig zu gehen, doch die beiden Riesenhelme hielten sie so dicht an sich gedrückt, dass ihre Füße kaum den Boden berührten. Obgleich es tiefste Nacht war, konnte sie jedes Detail erkennen. Dutzende Scheinwerfer erleuchteten das Lager. Lea wollte sich gerade über das Gezerre an ihren Armen beschweren, als sie vor das Wachhäuschen traten und ihr erstaunt der Mund offen stehen blieb.

Ihr gegenüber saß ein Wachmann, der die vier Riesenhelme, die mitten in der Nacht mit ihrer kleinen Gefangenen zur Hintertür hereinschneiten, fragend ansah.

Der Mann hatte ein freundliches Gesicht, war um die vierzig und seinen Schädel zierte eine Halbglatze. Doch Lea bemerkte auch die schwarze Uniform der Riesenhelme. Nur eben ohne riesigen Helm.

„Was ist denn hier los?“, brüllte plötzlich einer von Leas Begleitern. „Ich bin Nummer 13 und habe hier eine Hochsicherheitsgefangene für das Hauptlager! Wie ist Ihre Nummer und wieso tragen Sie Ihren Helm nicht?!“

Leas Bewacher, Nummer 13, blaffte den armen Wachmann so laut an, dass dieser hinter der Glasscheibe merklich zusammenschrumpfte.

„Nummer 13, Sir, es tut mir leid, Sir. Ich bin Nummer 145.“ Nervös rutschte der Mann auf seinem Stuhl hin und her.

Lea hatte bereits bemerkt, dass die Riesenhelme nicht viel von Freundlichkeit hielten. Zumindest nicht, wenn jemand eine höhere Nummer hatte, also im Rang niedriger war als sie selbst.

Noch lauter als zuvor fuhr Nummer 13 fort: „Nummer 145, ist Ihnen klar, dass es Ihnen verboten ist, Ihren Helm während der Dienstzeit abzunehmen? Was fällt Ihnen ein?!“

„Sir, ich wollte nur einen Happen essen. Ich hatte die ganze Nacht noch nichts …“

„Einen Happen essen?! So eine Frechheit habe ich ja noch nie gehört", unterbrach Nummer 13 seinen eingeschüchterten Kollegen. „Das werde ich wohl melden müssen. Jetzt setzen Sie Ihren Helm auf und öffnen das Tor, damit wir die Gefangene reinschicken können."

Der Wachmann betrachtete das kleine, über und über mit Schmutz bedeckte Mädchen. Sie hatte sogar eine blutige Schramme auf der Wange und sah sehr müde und gar nicht gefährlich aus.

„Nummer 13, Sir, darf ich fragen, was dieses Kind im Lager soll? Eigentlich ist dieses Lager doch nur für die Überwachung der …"

An dieser Stelle wurde er erneut unterbrochen. „Nein, Sie dürfen nicht fragen! Und wenn Sie jetzt nicht gleich ihren Helm aufsetzen, bringe ich Sie vor Gericht!"

Ein letztes Mal sah der Mann hinter der Glasscheibe auf Lea. Sie erwiderte seinen Blick und er fühlte sich ganz furchtbar dabei. Was war hier nur los? Warum sperrten sie ein Kind ein? Eigentlich hatte er immer gegen die Bösen kämpfen wollen, die Menschen beschützen. Doch irgendetwas stimmte hier nicht. Zuerst die Weihnachtsmänner und jetzt sogar Kinder. Das alles sollten Verbrecher sein? Er konnte das nicht glauben und niemand sagte ihnen, was hier vor sich ging und was diese Leute getan haben sollten. Stattdessen machten alle einfach mit. Für einen Moment wollte er sich weigern, alles hinschmeißen. Einfach kündigen und nach Hause gehen. Doch aus Angst und Gewohnheit nahm der Mann den Helm vom Boden, setzte ihn auf und wurde Nummer 145. Er hörte dieses seltsame kleine Mädchen noch sagen: „Sie müssen das nicht tun." Doch es war zu spät, er hatte bereits den Knopf gedrückt und das eiserne Tor öffnete sich.

Die vier Riesenhelme schoben ihre Gefangene hindurch.

Eine einzelne Träne löste sich aus dem Augenwinkel von Nummer 145. Von außen war nichts zu sehen – nur ein schwarzer Helm, der im Scheinwerferlicht glänzte. Hinter dem Visier jedoch begann Nummer 145 zu zweifeln, ob er tatsächlich noch auf der richtigen Seite stand.

Kapitel 6

Im Lager

Anstatt Lea zu begleiten, schoben die Riesenhelme sie einfach durch das Tor, das sich sofort automatisch hinter ihr wieder schloss. Nun stand sie in einer Art Käfig. An zwei Seiten umgeben von meterhohen Zäunen und vor ihr ein weiteres graues Stahltor.

Die vielen Scheinwerfer sorgten dafür, dass es taghell war und Lea jede Einzelheit erkennen konnte: Wachen, Stacheldraht, hohe Wachtürme, noch mehr Riesenhelme und, ach ja, noch viel mehr Stacheldraht. Sie spürte die bedrückende Ausstrahlung dieses Ortes. Hier würde sicher niemand freiwillig seinen Urlaub verbringen.

Plötzlich begann sich das Stahltor vor ihr knirschend zur Seite zu schieben. Dahinter erstreckte sich das Gefangenenlager. Obwohl sie es vom Dach aus bereits gesehen hatte, war Lea schockiert.

Es war gewaltig.

„Weitergehen! Sofort weitergehen!“, bellte einer der Riesenhelme durch einen Lautsprecher.

Erst jetzt verstand Lea, warum es zwei Tore gab. Die Riesenhelme hatten Angst vor einem Ausbruchsversuch. Gäbe es nur ein Tor, könnten die Gefangenen jedes Mal versuchen zu fliehen, wenn neue Gefangene gebracht würden. So aber kämen sie nicht weit.

Es schien, als hätten diese gemeinen Kerle wirklich an alles gedacht. Wieder hörte Lea den Lautsprecher knarzen. „Geh durch das Tor, sonst …“

„Sonst was?“, unterbrach Lea die Geisterstimme. „Kommst du sonst zu mir und trägst mich durch?“

Der verantwortliche Riesenhelm war von so viel Dreistigkeit überrascht und hielt vorerst den Mund. Ein kleiner Sieg für Lea. Da sie aber schlecht in diesem Zwischenraum überwintern konnte, machte sie sich dennoch erhobenen Hauptes auf den Weg. Sie durchschritt das zweite Tor, das sich sofort hinter ihr zu schließen begann. Der Lautsprecher-Riesenhelm atmete auf. Er war froh, so ein störrisches, kleines Biest losgeworden zu sein.

Als sich das Tor vollständig geschlossen hatte, fühlte sich Lea zum ersten Mal wirklich wie eine Gefangene. Sie war eingesperrt. Wenn auch auf einem Gebiet so groß wie mehrere Fußballfelder.

Dass mitten in der Nacht jemand zum Hintereingang hereingebracht worden war, blieb im Lager nicht unbemerkt. In respektvollem Abstand zum Tor standen einige Neugierige herum. Alle waren rot-weiß gekleidet. Einige hatten echte weiße Bärte, andere falsche, die sie um den Hals gehängt hatten, um sich gegen die Kälte zu schützen.

Lea sah junge und alte Weihnachtsmann-Doppelgänger, die sie alle verwundert betrachteten. Mit einem Mal erinnerte sie sich, warum sie überhaupt in diesen Schlamassel geraten war. Natürlich, sie hatte den echten Weihnachtsmann gesucht!

Vielleicht war ihre Gefangennahme ein wahrer Glücksfall gewesen. Wo, wenn nicht hier, würde er sein? Ganz sicher war das Original hier unter all den Aushilfsweihnachtsmännern zu finden. Retten konnte sie ihn dann später immer noch. Erst mal würde sie ihn wegen dieser Geschenkesache ausfragen.

Einer der Weihnachtsmänner, der sogar ziemlich echt aussah, war auf sie zugekommen. Er war alt, rundlich, trug eine Brille, hatte rote Wangen und sein Bart war flauschig und weiß. Besorgt dreinblickend ging er vor ihr in die Hocke, wobei seine Kniegelenke krachten. „Hallo mein Kleines, was machst du denn hier?“

Sie entschloss sich, diese Frage einfach zu übergehen, da man sie ihr heute schon zu oft auf die ein oder andere Art gestellt hatte.

„Ich heiße Lea und bin hier, um euch zu retten“, erklärte sie mit fester Stimme, „aber zuerst einmal – bist du der echte, der wirklich echte Weihnachtsmann? Dann habe ich nämlich ein paar Fragen an dich.“

„Was redest du denn da, Kindchen? Mein Name ist Peter. Peter Mittereder. Ich arbeite im Kaufhaus. Also zumindest habe ich das, bis diese Kerle mich während meiner Schicht da rausgetragen haben. Vor allen Leuten! Diese Halunken!!“ Bei diesen Worten hatte er sich aufgerichtet und nun schüttelte er seine Faust in Richtung des Wachhäuschens auf der anderen Seite des Zauns.

Lea war zwar ein wenig enttäuscht, denn Peter sah genauso aus, wie sie sich den echten Weihnachtsmann vorgestellt hatte, doch dieses Gefühl hielt nur einen Moment lang an.

Sie wusste, hier drin würde sie ihn finden. Den einen. Das Original. Schließlich waren die Elfenbrüder nicht umsonst hier aufgetaucht.

Dabei fiel ihr ein, dass sich auch Tink hier irgendwo aufhalten könnte. „Hast du vielleicht einen grünen Elf gesehen?“, fragte sie Peter. „Etwa so groß, mit Mütze.“ Sie hielt ihre flache Hand neben ihre eigene Schulter. „Ich weiß, das ist nicht besonders groß, aber wegen seines grünen Fells müsste er dir doch aufgefallen sein.“

Peter sah sie mit großen Augen an. Lea merkte, dass er keine Ahnung hatte, wovon sie redete. Tatsächlich antwortete er: „Wovon sprichst du denn da? Was ist denn mit dir passiert? Bist du vielleicht am Kopf verletzt, du siehst aus, als hättest du eine Bombenexplosion überlebt.“

Lea sah an ihrem verdreckten Anorak herunter, auf die Hose, die Risse an beiden Knien hatte, bis zu den Schuhen, die auch schon bessere Tage gesehen hatten, und zuckte mit den Schultern. Wie sollte sie das alles erklären? Da ihr nichts anderes einfiel, lächelte sie Peter an, um ihm zu zeigen, dass es ihr gut ging und sie schlimmer aussah, als sie sich fühlte.

Wirklich beruhigend wirkte ihr Lächeln nicht auf Peter. Im Gegenteil. Er war jetzt ernsthaft in Sorge, ob das Mädchen vielleicht einen Schlag auf den Kopf abbekommen hatte. Dieses Gerede von kleinen grünen Männchen und dem echten Weihnachtsmann. Dazu dieser Aufzug und das wirre Lächeln. Seltsam das Ganze. Mittlerweile waren auch einige der anderen eingesperrten Weihnachtsmänner herangekommen und beäugten Lea.

„Was macht denn dieses Kind hier?!"

„Sind die Kerle denn verrückt geworden?"

„Das ist ja die Höhe!"

Von allen Seiten gab es diese Art von Kommentaren und Lea merkte, dass die Stimmung gereizt war. Peter nahm sie an die Hand. „Komm mit. Ich bringe dich in eine der Baracken. Dort kannst du dich aufwärmen und waschen und uns in Ruhe alles erzählen. Hast du Hunger? Du bist doch sicher sehr müde, nicht wahr?"

Lea wollte widersprechen, aber sie merkte mit jedem Schritt, wie schwach sie bereits war. Sie konnte sich kaum noch konzentrieren und der Gedanke an ihr warmes Bett zu Hause erschien verlockender als je zuvor in ihrem Leben. Also ließ sie sich von Peter in Richtung der kleinen Holzbaracken führen.

Plötzlich hörte sie, wie jemand ihren Namen rief. Sie blieb überrascht stehen und blickte sich um. Wieder hörte sie ihren Namen und tatsächlich, da lief ein Mann auf sie zu. Auch er trug die rot-weiße Tracht des Weihnachtsmanns. Nur der Bart fehlte und die Mütze saß vollkommen schief auf seinem Kopf.

Es war Niko!

Niko, der mit ihr zusammen auf dem Weihnachtsmarkt geschnappt worden war.

Froh, ein bekanntes Gesicht zu sehen, riss Lea sich los und lief ihm entgegen. Vor lauter Freude sprang sie in Nikos Arme und für einen Moment drehten sich die beiden um die eigene Achse. Niko hatte Mühe, das Gleichgewicht zu halten, so fest klammerte Lea sich an ihn, während sie durch den Schnee wirbelten. Er setzte sie ab und blickte ihr besorgt in das schmutzige, verschrammte Gesicht. „Was ist denn mit dir passiert? Du solltest dich doch verstecken. Bist ... bist du verletzt?"

„Ach das ... das macht nichts. Es geht schon", beruhigte Lea ihn. „Aber mit diesen Blitz-Peng-Gum-Granaten muss man vorsichtig sein. Diese Dinger sind echt lebensgefährlich."

„Die Explosion?! Du warst in der Nähe? Wir haben den Knall bis hierher gehört. Was machst du denn für Sachen, Lea?" Erschrocken sah Niko sie an.

Erst jetzt trat der alte Peter hinzu und brummte erstaunt: „Ihr beiden kennt euch?"

„Ja, das tun wir", bestätigte Niko.

„Ich wollte das Kind gerade in eine der Baracken bringen, damit sie sich etwas ausruhen kann."

„Gute Idee, Peter. Diese Kerle schrecken vor nichts zurück. Ein Kind hier einzusperren, unglaublich! Gleich morgen früh werden wir dafür sorgen, dass sie freigelassen wird."

Jetzt fiel Lea den beiden ins Wort: „Ich muss nicht freigelassen werden. Mal abgesehen davon, dass der Sheriff mich sicher nicht so einfach gehen lassen wird. Ich bin doch auf einer Mission. Bevor die nicht erledigt ist, gehe ich nirgendwohin."

Mit offenen Mündern standen die beiden Männer da und wussten nicht, was sie dazu sagen sollten.

„Was denn für ein Sheriff?", fragte Peter vorsichtig.

„Na, der Anführer der Riesenhelme! Der mit der Nummer 1!", rief Lea. „Obwohl das genau genommen gar nicht stimmt, denn sie alle arbeiten für den obersten Steuerbeamten Zwickenpflug. Zusammen haben sie sich einen Plan ausgedacht, um alle Geschenke zu stehlen und die Weihnachtsmänner einzusperren. Sie wollen Weihnachten verhindern. Genau deshalb musst du mir auch unbedingt helfen, den echten Weihnachtsmann zu finden. Und wir müssen uns beeilen.“ Hilfe suchend wandte sie sich an Niko, der sie neugierig anblickte.

„Woher weißt du das denn alles?“

„Also, nachdem Rink, Tink und ich durch die Lüftungsschächte geflohen sind, haben wir …“

„Rink und Tink?!“ Niko war vor ihr in die Hocke gegangen und etwas Seltsames lag in seinem Blick. „Was redest du denn da, Lea?“

„Das sind Elfen“, erklärte Lea weiter. „Und auch wenn sie gar nicht so aussehen, sind sie sehr nett. Sie haben den Schlitten des Weihnachtsmanns gestohlen, äh … geliehen und sind hier, um ihn zu befreien und …“

Wieder wurde sie von Niko unterbrochen: „Ich denke, wir sollten nun doch in die Hütte gehen. Du musst dich ausruhen. Du siehst sehr erschöpft aus.“ Als er sah, dass sie widersprechen wollte, hob er die Hand und fuhr fort: „Und morgen, morgen suchen wir den Weihnachtsmann.“

Kapitel 7

Zwickenpflugs Höllenmaschine

Obwohl es draußen schon lange hell geworden war, schlief Ümit noch tief und fest, als ein kleiner Schneeball gegen die Scheibe seines Zimmerfensters flog. Gestern war der erste Ferientag gewesen und er war recht spät ins Bett gekommen. Ehrlich gesagt sogar sehr spät. Er hatte sich nachts rausgeschlichen, um Freunde zu treffen, als seine Eltern bereits tief und fest schliefen. Das leise „Pflatsch" an der Fensterscheibe konnte ihn also nicht wecken.

Mit seinen dreizehn Jahren war Ümit nicht nur einer der ältesten Schüler an Leas Schule, er war auch der stärkste. Doch er setzte seine Kraft nie unfair gegen andere ein. Schon unzählige Male war er schwächeren Kindern zu Hilfe gekommen, wenn diese geärgert wurden – selbst dann, wenn er sich selbst damit Ärger einhandelte.

Nun lag er also da und schnarchte vor sich hin, als ein weiterer, diesmal etwas größerer Schneeball gegen sein Fenster knallte.

Mit einem Schlag erwachte er. Ümit schwang sich aus dem Bett, trat mit nackten Füßen ans Fenster und öffnete es. Gerade noch rechtzeitig, denn vor dem Fenster holte Paul, einer seiner besten Freunde, eben zum dritten Wurf aus.

Der Schneeball, den er fallen ließ, als Ümit im Fenster auftauchte, war von beachtlicher Größe und ob die Scheibe dem Aufprall standgehalten hätte, war fraglich.

„Warum wirfst du nicht gleich einen Eisklumpen?“ Ümits Stimme klang noch verschlafen und das Tageslicht blendete ihn.

„Auf die kleinen reagierst du ja nicht, du Schlafmütze.“ Paul wirkte topfit und grinste über beide Ohren. „Zieh dich an und komm runter! Du glaubst nicht, was ich heute auf KIDZKONEKT gelesen habe.“

Ümit war noch nicht überzeugt und gähnte erst einmal laut. „Ich bin voll müde, Alter. Was ist denn so wichtig?“

„Soll ich den Schneeball doch noch schmeißen? Komm endlich, es wird dir gefallen.“ Pauls Grinsen wurde breiter. „Und beeil dich, wir müssen auch die anderen abholen.“

Etwa zur gleichen Zeit erwachte Lea langsam aus einem tiefen Schlaf. Müde hielt sie ihre Augen weiter geschlossen. Sie wollte noch nicht aufstehen. Ihr Traum war sehr lustig gewesen. Rink und Tink waren auch darin vorgekommen …

Tink!

Mit einem Schlag war sie nun doch hellwach.

Tink war verhaftet worden, und sie wusste nicht, wo man ihn hingebracht hatte. Auch sie selbst war geschnappt worden.

Lea richtete sich auf und stöhnte sofort leise vor Schmerz. Vom kleinen Zeh bis in die Haarspitzen tat ihr alles weh. So musste es sich anfühlen, wenn man von einer Herde Elefanten überrannt worden war. Sie biss die Zähne zusammen und setzte sich auf. Erstaunt stellte sie fest, dass die Hütte, in der sie sich befand, vollkommen leer war. In dem kleinen Eisenofen, der die

Baracke beheizte, brannte nach wie vor ein loderndes Feuer. Die anderen konnten also noch nicht sehr lange weg sein. Gestern Abend, als Niko und der alte Peter sie hierhergebracht hatten, waren etwa zwanzig andere Weihnachtsmänner hier drin gewesen.

Als Lea eintrat, hatten sie ihr sofort ein Bett, besser gesagt eine der Pritschen, freigemacht.

Lea aber hatte keineswegs vorgehabt zu schlafen und sah sich erst einmal jeden einzelnen Weihnachtsmann in der Hütte sorgfältig an. Sie musste herausfinden, ob einer von ihnen der echte sein könnte. Außer Peter hatte jedoch nicht einmal einer einen echten Rauschebart, hatte sie enttäuscht feststellen müssen.

Niko, der sie keinen Augenblick aus den Augen gelassen hatte, zwang sie schließlich mit sanfter Gewalt, sich auf die Pritsche zu setzen und einen Tee zu trinken. Der war auf dem kleinen Ofen extra für sie gekocht worden. Dann hatte er sie gebeten, ihm alles zu erzählen, was sich ereignet hatte, seit sie getrennt worden waren. Auch Peter lauschte ihrem Bericht. Im Gegensatz zu Niko schüttelte er ungläubig den Kopf, als Lea von Tink und Rink erzählte, ihr glänzendes grünes Fell und die Bermudashorts beschrieb.

Was sie vom Lüftungsschacht aus in Zwickenpflugs Büro gehört hatte, musste sie sogar dreimal hintereinander wiederholen, da sich jetzt auch die anderen Weihnachtsmanngefangenen um sie scharrten und gespannt lauschten. Sie erzählte vom Schlitten und von ihrem Kampf in der Waffenkammer, von Tinks Festnahme und schließlich davon, wie sie selbst hierhergebracht worden war. Am Ende ihrer Geschichte war sie bereits so müde, dass ihr langsam die Augen zufielen.

Sie bemerkte wohl, dass ihr die meisten Erwachsenen kein Wort glaubten. Zwar sagte einer, als sie von der Explosion berichtete: „Das war der Knall, den wir gehört haben!“, doch die anderen schwiegen. Lea ärgerte sich eigentlich darüber, dass sie ihr nicht glaubten, doch war sie zu erschöpft, um sich groß aufzuregen. Kurz bevor sie endgültig einschlief, fragte sie leise: „Du glaubst mir doch, Niko? Wir müssen den echten Weihnachtsmann finden und Tink befreien …"

„Das machen wir, Lea, und JA, ich glaube dir."

Doch Lea schlummerte bereits.

Während sie schlief, spürte sie, dass Niko an ihrer Pritsche saß und über sie wachte. Und doch, als sie wieder aufwachte, waren auf einmal alle verschwunden.

Lea schlüpfte in ihre Schuhe und ging einige Schritte. Die zahlreichen blauen Flecke schmerzten, aber im Großen und Ganzen fühlte sie sich gut. Sie gähnte und strich sich dabei die verwuschelten schwarzen Haare glatt. Wo waren die anderen nur alle hingegangen?

Der Tee in ihrer Tasse war mittlerweile kalt geworden. Trotzdem nippte sie daran und nahm kurz darauf einen größeren Schluck. Er schmeckte lecker. Also spülte sie damit auch gleich ihren Mund, um den Geschmack nach alten Schuhen, der sich über Nacht darin eingenistet hatte, loszuwerden. Lea war nachdenklich. Leider hatte sie keine Uhr, aber bald musste es so weit sein. Der wichtigste Teil des Plans, der ehrlich gesagt ihre einzige Chance war, müsste bald starten. Um genau zwölf Uhr würden …

Plötzlich zerriss eine blechern scheppernde Lautsprecherdurchsage die Stille: „Alle Gefangenen haben sich unverzüglich zum Eingang Z zu begeben. Ich wiederhole, alle Gefangenen sofort zum Eingang Z."

Lea, die vor Schreck beinahe den Tee ausgespuckt hatte, war schon auf dem Weg zur Tür. Zwar hatte sie weder eine Ahnung, was die Durchsage bedeutete, noch wusste sie, wo sich der Eingang Z befand, aber sie würde auf beides eine Antwort finden. An der Türschwelle musste sie noch einmal umkehren, da sie ihre Jacke, die über einem Stuhl hing, vergessen hatte. Beim Anziehen fiel eine einzelne Blitz-Peng-Gum-Granate auf den Holzboden und kullerte unschuldig über die Dielen. Zuerst erschrak

Lea, doch der Ring war glücklicherweise noch an dem Rohr befestigt. Es bestand also keine Gefahr. Vorsichtig steckte sie das Ding ein. Man konnte ja nie wissen.

Als sie ins Freie trat, war Lea für einen Moment geblendet. Die Sonne stand hoch über ihr und sie begriff, dass sie viel länger geschlafen hatte, als es ihr lieb war. Leise auf sich selbst schimpfend schirmte sie mit der Hand ihre Augen vor den Sonnenstrahlen ab.

Einige Weihnachtsmänner, die soeben erst aus den benachbarten Baracken getreten waren, blickten das kleine Mädchen verwundert an. Die Mehrheit hatte sich jedoch bereits links von Lea versammelt. Es schien ihr, als wären es Hunderte, und alle starrten gespannt in Richtung Zaun. Was immer da hinten vor sich ging, es musste wichtig sein. Die Frage, wo sich Eingang Z befand, war damit geklärt.

Lea rannte los.

Die vielen rot-weißen Gestalten standen dicht gedrängt. Lea musste sich mit aller Kraft zwischen ihnen hindurchschieben, um langsam, Stück für Stück, nach vorn zu gelangen.

Auf einmal, kurz bevor sie den Zaun erreicht und damit freie Sicht bekommen hätte, packte jemand sie an der Schulter. Sie wollte sich losreißen, aber es war nur Niko, der sie sofort an sich heranzog. „Geh besser zurück in die Hütte und warte dort. Wir wissen nicht, was das alles zu bedeuten hat. Es könnte gefährlich werden."

„Ich habe keine Angst und bleibe hier!" Der entschlossene Ausdruck in Leas Gesicht hielt ihn davon ab, weiter mit ihr zu diskutieren. Sie würde bleiben, und dass sie auf sich selbst aufpassen konnte, hatte sie mehrfach bewiesen. Wer weiß, vielleicht würde sie am Ende ihn beschützen müssen?

Er drehte sich kurz zu Peter, der neben ihm stand und nur mit den Achseln zuckte, dann nahm er Leas Verfolgung auf, die schon wieder dabei war, sich nach vorn durchzukämpfen.

Trotz des Gedränges blieb Niko ihr dicht auf den Fersen, gefolgt vom alten Peter, der leise Stoßgebete zum Himmel schickte. Wo waren sie da nur alle reingeraten?

Innerlich versuchte Lea, auf alles vorbereitet zu sein, doch was sie sah, als sie endlich den Zaun erreicht hatte, überraschte sie dann doch.

Es stellte sich heraus, dass Eingang Z tatsächlich der Eingang war, durch den sie gestern Nacht hier hereingebracht worden war. Anscheinend gab es nur noch einen weiteren Eingang, nämlich den genau gegenüber. Auch dort waren zwei große Metalltore. Erst eins im Zaun und dann ein zweites in der Mauer, das direkt zur Straße führte.

Bei dem Gedanken, dass es sich dabei um Eingang A handeln könnte, musste sie beinahe lächeln. Die Erwachsenen hatten wirklich keinerlei Fantasie. Eingang Z jedenfalls hatte nichts mehr mit dem leeren Gang zu tun, den sie gestern Nacht durchquert hatte. Stattdessen stand hier die merkwürdigste Maschine, die Lea je gesehen hatte. Sie stand genau zwischen dem Finanzamt und dem Lager und war zweifelsohne erst heute Morgen von den Riesenhelmen hier aufgebaut worden.

Das Monstrum war etwa so groß wie ein Kleinbus und glich einem mittelalterlichen Katapult. Einem Katapult aus Chrom, das vor lauter goldenen Kabeln und silbernen Schrauben in der Sonne nur so glitzerte. Der Rahmen bestand aus mehreren langen Stangen und einer Art silbernem Löffel. Überall entdeckte Lea grüne Computerplatinen. Außerdem befand sich auf der linken Seite eine Art Cockpit, ähnlich der Fahrerkabine auf einem Kran. Darin saß ein nervöser Riesenhelm, der geschäftig seine Instrumente checkte.

Mit einem lauten Knall schlug die Tür zum Finanzamt auf und hinaus trat, dicht gefolgt von mehreren Riesenhelmen, Siegbert Zwickenpflug.

Der Windstoß, der ihm entgegenblies, als er aus dem Gebäude trat, wehte ihm beinahe das Toupet vom Kopf. Gerade noch konnte er es mit beiden Händen und einer wenig eleganten Verrenkung im Flug fangen und wieder auf seinen angestammten Platz setzen.

In der rechten hielt er ein gewaltiges Megafon, das beinahe so groß war wie er selbst. Flankiert von sechs Riesenhelmen blieb er vor dem Gittertor stehen und blickte auf die vielen, vielen Weihnachtsmänner und das eine trotzig schauende Mädchen vor sich. Ein grausames Lächeln lag auf seinen dünnen Lippen und vor Aufregung und teuflischer Vorfreude zitterte sein Bärtchen.

Er trug immer noch seinen beigen Anzug, und die dazugehörige Krawatte flatterte im Wind. Endlich versuchte er nun, sein viel zu großes Megafon an die Lippen zu bekommen. Das Ding quietschte und pfiff so laut, dass sich alle, sogar die Männer seiner Leibgarde, die Ohren zuhielten.

Jedes Mal, kurz bevor er es an seinen Mund gehoben hatte, versagten ihm jedoch die Kräfte und es sank unbenutzt wieder zu Boden. Auch beim nächsten Versuch brachte er nur ein „Ich habe Sie hier …“ heraus, bevor das Megafon erneut zu Boden klapperte.

Da Zwickenpflug mit der Linken sein Toupet festhalten musste, würde er es nie fertigbringen, gleichzeitig das Megafon anzuheben.

Einer der Riesenhelme bemerkte die Notlage, in der sein Herr und Meister steckte, und legte ungefragt eine Hand auf Zwickenpflugs Kopf. So hinderte er zwar das Toupet am Davonfliegen, aber gedankt wurde ihm das nicht. Stattdessen wurde sein selbstloser Einsatz mit wütenden Flüchen und Tritten belohnt.

Zwickenpflug, der jetzt auf Betriebstemperatur war, ließ das Megafon ganz fallen und brüllte einfach drauflos.

„Ich habe Sie hier versammelt, um ein für alle Mal zu klären, wer von Ihnen der echte Weihnachtsmann ist. Sie alle hier sind Verbrecher! Da sie sich zu Gehilfen eines kriminellen Meistergenies gemacht haben, steht das außer Frage. Doch für mich zählt vor allem der EINE!“ Seine Stimme überschlug sich und Speicheltropfen flogen ihm aus dem Mund. „Meine

Herren und natürlich auch meine eine ungezogene junge Dame." Dabei deutete er mit einem langen krummen Finger auf Lea. „Ich werde Sie nun ein letztes Mal fragen, wer ist der echte Weihnachtsmann? Sollte dieser … dieser Gauner auch weiterhin schweigen, wird einer seiner Komplizen die Folgen dafür zu tragen haben."

In diesem Moment schwang die Tür zum Finanzamt auf und heraus trat ein an den Armen gefesselter Tink. Er war in Begleitung des Sheriffs, der ihn brutal vor sich herstieß.

Bei seinem Anblick stieß Lea einen kurzen Schrei aus. Sie schlug gegen den Zaun und versuchte hinüberzuklettern, als sie hinter sich ein Flüstern hörte.

„Tink, oh nein!"

Sie drehte sich um und sah, dass Nikos Gesicht einen versteinerten Ausdruck angenommen hatte. Er blickte sie für einen Moment an und fügte dann schnell hinzu: „Das muss dein Freund sein, von dem du uns gestern erzählt hast, stimmt's?"

„Ja, das ist er", bestätigte Lea. „Wir müssen ihm helfen!"

Bei Tinks Anblick hatte unter den restlichen Weihnachtsmännern ein ungläubiges Gemurmel eingesetzt.

Schließlich fuhr Zwickenpflug fort: „Obwohl wir ihn die halbe Nacht verhört haben", bei diesen Worten zuckte Tink beinahe unmerklich zusammen, „hat er sich geweigert, Einzelheiten über seine Identität oder die des Weihnachtsmanns preiszugeben. Jawohl, er ist äußerst verstockt und nicht bereit, mit uns zu kooperieren."

Lea beobachtete Tink genau und sie sah, wie er bei diesen Worten stolz sein grünes Kinn vorreckte.

„Aus diesem Grund also …", setzte Zwickenpflug erneut an, „aus diesem Grund, habe ich mich für eine andere Methode entschieden, um die benötigten Informationen zu erhalten. Nummer 13, bringen Sie den Schneedummy."

67
45
109
39
69
113
53
5
14
29
118
36
93
101
17
75
57
33
11
8
1
13
27
SF

ZUTRITT
VERBOT
7
23
Loading
Klammern
Befrager

„Jawohl, Herr Obersteuerbeamter!“ Einer der Riesenhelme löste sich aus der Gruppe und trat mit großen Schritten hinter das chromglänzende Elektrokatapult. Nur wenige Augenblicke später kam er wieder hervor. In den Armen hielt er einen Schneemann.

Lea, die sich nicht vorstellen konnte, was das nun wieder zu bedeuten hatte, drehte sich fragend zu Niko um. Doch auch der zuckte nur mit den Achseln.

„Ist der *Befrager 3000* einsatzbereit?“

„Jawohl, Herr Obersteuerbeamter!“

„Dann bereitet den Schneedummy auf die Befragung vor.“ Zwickenpflug, dessen Schnurrbart nicht einmal mehr zitterte, sondern regelrecht auf und ab hüpfte, grinste böse. „Der *Befrager 3000*, oder auch *B 3000*, wie wir Fachleute ihn nennen, ist die neuste Erfindung im Bereich der Verhörtechnologie. Wir müssen unsere Zeit nicht mehr mit widerspenstigen Monstern, wie dem hier, vergeuden.“

Dabei deutete Zwickenpflug auf Tink, der sofort knurrte und dabei die Zähne entblößte, die übrigens ebenso spitz wie die seines Bruders waren. Erschrocken wich Zwickenpflug zurück und stolperte dabei über sein Megafon. Als er sich abfangen wollte, rutschte er aus und wäre sicher auf den Hintern gefallen, hätten ihn nicht mehrere Riesenhelme gleichzeitig festgehalten.

Anstatt sich zu bedanken, schlug er ihre Hände zur Seite. Natürlich erst nachdem er wieder auf sicheren Füßen stand. Dieser Kerl wurde Lea von Sekunde zu Sekunde unsympathischer. Dabei hatte sie das Schlimmste noch nicht einmal gesehen.

„Wie ich, äh … sagen wollte, Monster wie der werden mit dieser Maschine erst gar nicht mehr gefragt. Stattdessen befrage ich EUCH.“ Zwickenpflug breitete seine Arme aus, musste die eine Hand jedoch schnell wieder zum Kopf nehmen, um sein Toupet am Wegfliegen zu hindern. „Ihr alle bekommt eine Chance, die Wahrheit zu sagen! Solltet ihr euch aber weigern, dann … Seht selbst!“

Nummer 13 hatte zusammen mit einem weiteren Riesenhelm den Schneemann in den enormen Chromlöffel gelegt und ihn mit schweren Metallklammern darin befestigt.

„Bereit zur Befragung, Herr Obersteuerbeamter“, meldete er.

„Dann mal los!“

„Jawohl!“

Mit einem Mal erwachte das glänzende Ungetüm zum Leben. Der *B 3000* zischte und ein elektrisches Summen brummte durch das Lager. Um sich herum spürte Lea, wie sich die Luft elektrisch auflud. Die feinen Härchen an ihren Armen und im Nacken stellten sich auf und als sie Peter ansah, bemerkte sie, dass sich auch sein weißer Bart in einer verwegenen Kurve nach vorn streckte.

Tatsächlich schlugen jetzt sogar blaue Funken aus dem *B 3000*.

Der Riesenhelm, der im Führerhaus saß, drückte unentwegt auf alle möglichen Knöpfe und Schalter, während die gewaltige Maschine Funken speiend anfing zu vibrieren.

Einige der umherstehenden Riesenhelme traten ehrfürchtig zurück …

Nur Zwickenpflug, der Sheriff und damit auch Tink blieben, wo sie waren, dicht neben der Maschine. Tinks Fell stand in alle Richtungen ab. Er sah aus, als hätte man einen Luftballon an ihm gerieben.

Plötzlich ging das Summen in einen hohen Pfeifton über und mit einem Schlag entlud sich die gesamte Spannung. Ein grellweißer Blitz schoss aus dem Inneren des *B 3000* und für einen kurzen Augenblick waren sie alle geblendet. Der riesige Chromlöffel schnellte nach vorn und gleichzeitig öffneten sich die Metallklammern.

Die Wucht, mit der der Schneedummy aus dem Löffel geschleudert wurde, war unfassbar. Er beschleunigte schneller als jeder Rennwagen und flog in hohem Bogen über das Lager.

Alle Weihnachtsmänner, genau wie all ihre Bewacher, verdrehten sich die

Hälse, um diesem ungewöhnlichen Flugobjekt mit ihren Blicken zu folgen.

Der Schneemann drehte sich in der Luft und es kam Lea vor, als könnte sie noch auf diese Entfernung seine erstaunten, schwarzen Kohleaugen erkennen.

Er flog genau auf das gegenüberliegende Haupttor (Eingang A?!) zu. Über dem Tor war eine Fahne an einer dicken Stange an der Innenseite der Mauer befestigt. Diese Stange zeigte wie ein bedrohlicher Finger genau auf Lea und ihre neuen Freunde.

Der Schneemann, der die gesamte Länge des Lagers in Rekordzeit überflogen hatte, wurde jetzt von genau dieser Stange zunächst aufgespießt und klatschte dann an die dahinterliegende Wand. Auf die Entfernung konnte Lea gerade noch sehen, dass der untere Teil des Schneemanns zu Boden fiel, während der karottennasige Kopf auf dem Fahnenmast stecken blieb.

Fassungslos wandten sich alle Zeugen dieses grausigen Schauspiels wieder Zwickenpflug und seiner Höllenmaschine zu. Der oberste Steuerbeamte lächelte kalt.

„Ich hoffe, ich habe nun Ihre volle Aufmerksamkeit."

Kapitel 8

„Ich bin der Weihnachtsmann!“

Der Himmel, der vor einer halben Stunde noch beinahe wolkenlos den Blick auf die Sonne freigegeben hatte, war mittlerweile dicht bewölkt. Wie ein böses Omen hingen diese Wolken über den Köpfen der Gefangenen.

Zwickenpflug, den diese düstere Stimmung anscheinend erst richtig aufblühen ließ, schritt jetzt langsam am Zaun auf und ab. Bei jedem seiner Schritte knirschte der frisch gefallene Schnee unter seinen Füßen.

Lea und die anderen schwiegen. Schockiert von dem, was sie gerade gesehen hatten, und gespannt, was wohl als Nächstes passieren würde. Es schien, als wäre die ganze Welt verrückt geworden, und sie alle spürten, dass etwas Schreckliches im Begriff war zu geschehen.

Heute war der Heilige Abend und so etwas wie hier durfte es nicht geben. Jeder wusste das. Sogar einige der Riesenhelme hielten die Köpfe gesenkt. Vielleicht aus Scham über das, was hier passierte? Lea war sich da nicht ganz sicher.

Nur einer hatte seinen Spaß. Zwickenpflug war voll in seinem Element. Mit seiner unangenehm hohen Stimme verkündete er nun: „Sie alle haben gesehen, was mit Ihnen geschehen wird, sollten Sie meine Fragen nicht zufriedenstellend beantworten.“

Mit einem Ruck drehte er sich zum Sheriff und zu Tink herum. „Schnallt dieses grüne Ding auf den Befrager!“, befahl er.

„Nein!“, schrie Lea. „Tun Sie das nicht!“

Tink, der natürlich begriff, wie ernst die Lage für ihn war, wehrte sich mit aller Kraft. Mit seinen auf den Rücken gefesselten Händen konnte er jedoch kaum etwas ausrichten. Er trat in alle Richtungen, doch gleich drei Riesenhelme stürzten sich auf ihn und zerrten ihn zum *B 3000*.

Sie warfen ihn auf den enormen Löffel und die Metallklammern schlossen sich erbarmungslos über ihm. Sein Widerstand legte sich. Die Lippen fest zusammengepresst, erwartete er nun sein Schicksal. Er hatte getan, was er konnte.

Hämisch grinsend trat Zwickenpflug erneut vor die versammelten Weihnachtsmänner. „Die Frage, die ich Ihnen stellen werde, ist einfach und ich erwarte eine Antwort, bevor ich bis drei gezählt habe. Andernfalls wird dieses, äh … grüne Fellknäuel dafür büßen. Also, wer ist der echte Weihnachtsmann? Ich will, dass sich derjenige umgehend zu erkennen gibt.“

Voller Hass blickte Zwickenpflug auf die Hunderte von Männern vor sich. Wahnsinn glänzte in seinen Augen.

„EINS!“

Wieder begann Lea zu schreien: „Das dürfen Sie nicht tun! Bitte nicht.“

Mit zwei großen Schritten trat Zwickenpflug zu Lea an den Zaun. „Du bist doch eine seiner Spioninnen, seine Komplizin. Du weißt ganz sicher, wer der echte Weihnachtsmann ist. Warum deckst du ihn also?“

Verzweifelt und mit Tränen in den Augen rief Lea zurück, dass sie es nicht wusste. Sie kannte die echte Identität des Weihnachtsmannes nicht. Nur um die herauszufinden, war sie überhaupt hier. Sie flehte Zwickenpflug an, ihr zu glauben und Tink zu verschonen. Doch alles, was er antwortete, war: „ZWEI!“

Jetzt erhob sich wütendes Gebrüll um Lea herum. Viele der Weihnachtsmänner konnten nicht glauben, was sie da sahen. Sie schimpften über den Beamten und die Riesenhelme. Einige drohten sogar. Andere appellierten an die Vernunft ihrer Bewacher. Es schien aber alles vergebens, denn Zwickenpflug öffnete den Mund und sagte: „DREI!“

„Halt! Ich bin der echte Weihnachtsmann!“, tönte eine Stimme aus der Menge.

Die Zeit schien stillzustehen und jeder, von den Wachen auf den Türmen, über den Sheriff, bis hin zu den gefangenen Weihnachtsmännern, drehte den Kopf, um den Mann zu sehen, der gerade gesprochen hatte.

Auch Lea drehte sich fassungslos um. Sie hatte die Stimme sofort erkannt. Mit offenem Mund starrte sie Niko an. Der erwiderte ihren Blick nicht, sondern trat entschlossen ganz dicht an den Zaun heran. „Ich bin der, den Sie suchen, und jetzt lassen Sie den Elf frei und machen Sie mit mir, was Sie wollen.“

Zwickenpflugs Miene war wie versteinert, als er den hochgewachsenen, jungen Mann musterte. Die Stille schien eine Ewigkeit anzuhalten.

Lea klammerte sich an Nikos rot-weißen Mantel. Sie wollte etwas sagen, doch auch sie war wie erstarrt.

Dann endlich begann Zwickenpflug mit seiner unangenehmen Stimme zu sprechen: „Du bist viel zu jung. Du hast ja nicht mal einen Bart.“ Und noch einmal lauter und schriller. „Du bist viel zu jung!!!“

„Das hat nichts zu bedeuten“, sagte Niko ruhig. „Ich bin der, den Sie suchen, und es ist an der Zeit, das Ganze zu beenden.“

Jetzt explodierte Zwickenpflug förmlich. „Wann das hier vorbei ist, hast ganz sicher nicht du zu entscheiden! Das bestimme immer noch ich! Du bist ein Lügner und für diese Frechheit wirst du bezahlen. Feuert das grüne Monster ab und dann bringt mir diesen Aufwiegler! Er wird der Nächste sein, der fliegen lernt.“ Die letzten Worte hatte er an seine Riesenhelme gerichtet, die den Befehl unverzüglich ausführen wollten.

Lea war entsetzt, doch gerade als die Bedienung des *B 3000* Tink abfeuern wollte, hallte ein weiterer Ruf durch das Lager.

„Ihr sucht den wahren, den echten Weihnachtsmann?! Sucht nicht

weiter! Ihr habt ihn gefunden." Mit einem beherzten Schritt seiner schweren, schwarzen Stiefel trat Peter neben Niko an den Zaun. Sein weißer Bart wehte dabei majestätisch im eisigen Wind.

„Der Junge wollte mich schützen. In Wahrheit bin ich der echte Weihnachtsmann."

Zwickenpflug schien nicht so recht zu wissen, was nun zu tun war. In düstere Gedanken vertieft nahm er sogar sein Toupet ab und hielt es, wie ein Schoßhündchen an die Brust gedrückt, im Arm. Dabei streichelte er es geistesabwesend. Als er dies bemerkte, erschrak er und setzte seine Haarpracht hastig zurück an ihren Platz.

„Soso, Sie sind also dieser Verbrecher. Nun denn, das Fellknäuel und der Jungspund werden trotzdem mit dem *B 3000* behandelt. Man kann ja nie wissen und dann, alter Mann …" Er konnte seine Drohung jedoch nicht beenden, denn jemand unterbrach ihn.

„Aber Herr Obersteuerbeamter, ich bin der echte Weihnachtsmann! Lassen Sie sich von diesen Kerlen doch keinen Bären aufbinden. Sehen Sie die beiden doch nur mal genau an! Das sieht ja ein Blinder, dass nur ich das Original sein kann. Die zwei kommen doch gar nicht infrage!" Der kräftige, kleine Mann, der sowohl Mantel, Bart (zweifellos falsch!) und rote Mütze trug, war, wie Lea wusste, gestern auch mit ihr in der Hütte gewesen. Wegen seiner beeindruckenden Körperfülle kam er nur langsam voran, als er versuchte, sich nach vorn zum Zaun durchzudrängeln. Er bemerkte Leas verwirrten Blick und zwinkerte ihr spitzbübisch lächelnd zu, bevor er mit gespieltem Ernst fortfuhr: „Sie brauchen die anderen also gar nicht auf ihr schönes Maschinchen zu setzen. Fangen Sie doch lieber gleich mit mir an. Falls dieses Löffelchen nicht zu klein für den echten

Weihnachtsmann ist. HO, HO, HO!“

„Glauben Sie dem Scharlatan kein Wort!“, meldete sich ein vierter Mann. „Es gibt nur einen Weihnachtsmann, und das bin ich. Hab den Posten von meinem Vater geerbt. Fragen Sie doch meine Frau. Sie wohnt am Nordpol. Ich bin Weihnachtsmann in dritter Generation!“ Ein Berg von einem Mann schob sich in der Menge nach vorn. Ungeachtet der Eiseskälte trug er keinen Mantel, sondern stand im Unterhemd zwischen den anderen rotweiß gekleideten Gestalten. Er hatte eine Glatze und an seinen muskulösen Armen waren großflächige Tätowierungen zu erkennen.

Doch dies war nur der Anfang. Plötzlich erhoben sich überall Stimmen, jeder beteuerte, der echte Weihnachtsmann zu sein. Dutzende hoben die Hände, versicherten und schworen, dass nur sie der echte Weihnachtsmann sein konnten.

Lea stand mittendrin und lachte vor Glück. Ein unglaubliches Zusammengehörigkeitsgefühl durchströmte sie alle. Während Lea nun selbst lauthals behauptete, dass sie der wahre Weihnachtsmann war und all die anderen nur Attrappen, standen ihr Freudentränen in den Augen.

Sie war Niko so unglaublich dankbar dafür, dass er sich als Erster opfern wollte und damit das alles erst möglich gemacht hatte. Sie selbst war von dieser Kettenreaktion vollkommen überrascht gewesen.

Immer mehr Weihnachtsmänner versuchten, nach vorn an den Zaun zu gelangen, und alle verlangten lautstark, dass man sie befragen sollte. Man wetteiferte geradezu um einen Platz auf dem Chromlöffel.

Einige rüttelten sogar an dem Maschendrahtzaun und die Riesenhelme wurden langsam, aber sicher nervös. Auch Zwickenpflug wurde bewusst, dass er im Begriff war, die Kontrolle zu verlieren, und er schrie den Steuermann des *B 3000* wütend an: „Feuern Sie den Elf ab! Sofort!“

Für einen Moment, so schien es, kehrte Ruhe ein und sie alle konnten ganz deutlich Tinks Stimme hören. „Na los, bringen wir es endlich hinter uns! Ich bin nämlich der echte Weihnachtsmann! Worauf wartet ihr noch!“ Sein Gesicht war furchtlos und seine Zähne blitzten weiß auf, als er sich auf den Abschuss vorbereitete.

Der Riesenhelm im Führerhaus legte den Hebel um, doch anstatt Tink mit halber Schallgeschwindigkeit auf den Fahnenmast zuzuschleudern, gab der *B 3000* nur ein trauriges Geräusch von sich. Es klang, als wären ihm die Batterien ausgegangen. Und tatsächlich, weder spürte man die elektrische Spannung, noch gab es Entladungen in Form von Blitzen. Die gewaltige Maschine erstarb mit einem traurigen Tröten.

Erleichtert atmete Lea auf.

Sofort begannen die unzähligen Gefangenen wieder mit ihrem Geschrei. Ein Stück den Zaun hinunter schien es besonders auszuarten, denn einige der Wachen machten sich im Laufschritt auf den Weg dorthin. Lea konnte hören, dass gegen den Zaun getreten wurde.

Mit kalkweißem Gesicht starrte Zwickenpflug den für den *Befrager* zuständigen Riesenhelm an. „Was ist hier los? Warum funktioniert der *Befrager* nicht?“

„Wir wissen es leider nicht, Sir. Der Saft ist weg“, meldete der zerknirschte Riesenhelm aus dem Führerhäuschen der Maschine.

„Der Saft ist weg? Bringen Sie das sofort in Ordnung.“ Zwickenpflugs Gesicht wechselte von Weiß zu einem tiefen Dunkelrot.

„Sheriff“, blaffte er dann. „Sie kümmern sich augenblicklich um diesen Tumult! Das ist ja der reinste Affenzirkus!“

„Jawohl! Wenn es sein muss, werden wir den Wasserwerfer einsetzen.“

„Na, worauf warten Sie noch?“

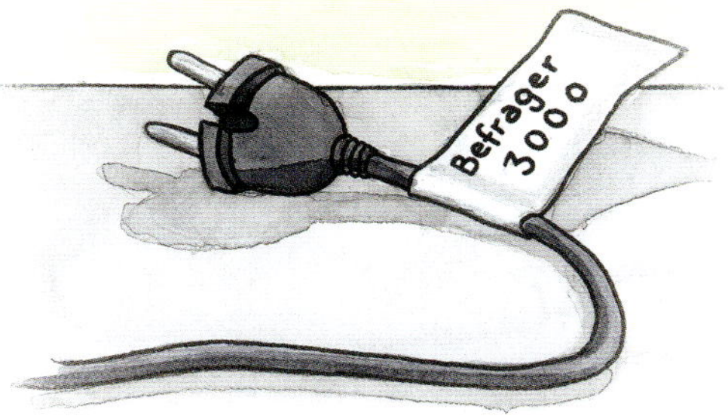

Was mit dem Katapult wirklich geschehen war, wusste niemand. Doch folgte man dem dicken, schwarzen Starkstromkabel, das den *B 3000* mit Strom versorgen sollte, gelangte man ins Innere des Finanzamts und dort stand Frau Maldonado. In ihren Händen hielt sie einen dicken Stecker. Immer noch entrüstet über das, was sie vom Fenster aus gesehen hatte, ließ sie das schwarze Kabel, das sie gerade aus der Steckdose gezogen hatte, fallen. Hocherhobenen Hauptes machte sie sich auf den Weg zu ihrem Wagen.

Sie hatte hiermit gekündigt!

Niemals würde sie bei solch schändlichen Taten helfen. Erst verhafteten sie Kinder und dann wollten sie einen niedlichen grünen Hund auf den Mond schießen. Nicht mit ihr!

Seit Zwickenpflug vor einer Woche das Geschenk entdeckt hatte, das Frau Maldonado und einige ihrer Kolleginnen ihm zu Weihnachten machen wollten, war er kaum wiederzuerkennen. Er war zwar auch vorher nicht gerade ein Goldstück gewesen, doch was zu viel war, war zu viel.

Angefangen hatte alles damit, dass Zwickenpflug das silberne Päckchen hinter der Kaffeemaschine entdeckt hatte. Wie von Sinnen war er am nächsten Tag in ihr Büro gestürmt. Er hatte sich dabei aufgeführt, als befände sich in dem Päckchen eine Bombe und nicht nur eine SpongeBob-Krawatte. So hatte niemand, nicht einmal sie selbst, zugegeben, dass es sich um ein Weihnachtsgeschenk für ihn handelte.

Wie auch immer, sie hatte genug von diesem Irrenhaus. Das Klackern ihrer Absätze wurde langsam leiser, während sie sich auf den Heimweg zu ihren Enkelkindern machte.

Zur gleichen Zeit geriet die Situation im Lager immer mehr außer Kontrolle. Einzelne Weihnachtsmänner rüttelten am Zaun, traten dagegen und schimpften über die Riesenhelme, die überall postiert waren. Ganze Gruppen beschwerten sich lautstark über die Verhaftungen und es gab erste Sprechchöre: „Wir sind keine weißen Lämmer, wir sind echte Weihnachtsmänner!“ war einer von ihnen.

Auf der anderen Seite des Zaunes versuchten die Riesenhelme verzweifelt, den *Befrager* wieder in Betrieb zu nehmen. Zwickenpflug tobte vor dem Sheriff auf und ab.

„Ich hoffe in Ihrem Interesse, Sheriff, dass Sie imstande sind, diese Situation wieder in den Griff zu bekommen. Stellen Sie sich vor, der Minister erfährt davon ...!“

„Achtung, Deckung!“, unterbrach der Sheriff Zwickenpflugs Redeschwall.

„Was, ich verstehe nicht.“

„Ducken! Sie sollen sich ducken!“ Der Sheriff sprang den obersten Steuerbeamten mit ausgebreiteten Armen an. Doch es war bereits zu spät.

Lautlos und für Zwickenpflug völlig unerwartet kam ein Schneeball in hohem Bogen auf sie zugeflogen. Bevor der Sheriff seinen Vorgesetzten aus der Flugbahn reißen konnte, wurde dieser von dem eisigen Geschoss am Hinterkopf getroffen. Der Schneeball zerplatzte mit einem gedämpft klingenden „PAFF" und sowohl Zwickenpflugs Toupet als auch seine Brille fielen in den Schnee.

Da der Sheriff sich schon mitten im Sprung befand, konnte er seinen heldenhaften Rettungsversuch nicht mehr stoppen und riss den getroffenen Steuerbeamten kurz darauf auch noch zu Boden.

Mit einem verlegenen Lächeln und einem entschuldigenden Schulterzucken stieg der Sheriff vom geplätteten Zwickenpflug. Dieser lag im Schnee und sah aus, als würde er eine Menge Kopfschmerztabletten brauchen, um wieder auf den Damm zu kommen.

„Entschuldigen Sie bitte, Sir! Es tut mir ..."

„Hat mich da gerade ein Schneeball getroffen?", fragte Zwickenpflug verdattert.

„Ja, Sir."

„Wer hat ihn geworfen?"

„Einer der Weihnachtsmänner, Sir."

„Einer der Weihnachtsmänner?“

„Ja, Sir.“

„Das ist ja allerhand.“

„Ja, Sir. Das ist es.“

Der Sheriff und Nummer 13 halfen dem vollkommen neben sich stehenden Zwickenpflug, unter lautem Gelächter einiger Weihnachtsmänner, auf die Beine.

Auch Lea stand immer noch in der Nähe des Eingangs Z. Sie hatte zwar nicht gesehen, wer den Schneeball geworfen hatte, vermutete aber, dass es nicht der letzte gewesen sein würde. Und damit sollte sie recht behalten.

Als wäre der erste Schneeball nur ein Funken gewesen, der einen Feuersturm entfacht, begann es nun Schneebälle zu hageln. Dutzende prasselten auf die verdutzten Riesenhelme ein und Zwickenpflug, der ja nicht mal einen Helm trug, wurde erneut getroffen.

Man versuchte, ihn aus der Schusslinie zu ziehen, bis schließlich einige der mannshohen Plastikschilde zum Vorschein kamen, die Lea bereits in der Waffenkammer gesehen hatte. Die Riesenhelme bildeten nun eine Art schützenden Schildkrötenpanzer aus Plastikschilden, um sich dahinter vor dem eisigen Bombardement in Sicherheit zu bringen. Zwickenpflug war mittlerweile arg in Mitleidenschaft gezogen und kauerte schnaufend hinter dem Schildwall.

Lea ging in die Hocke, um sich Schnee für einen dicken Ball zu angeln, doch als sie ausholte, um das Geschoss über den Zaun zu werfen, verstellte Niko ihr den Weg und blickte sie ernst an. „Tu das nicht, du könntest jemanden verletzen.“

„Aber sie wollen Tink mit dem *B 3000* behandeln. Wir müssen sie unbedingt aufhalten.“

Lea war entschlossen, ihren Freund zu verteidigen, doch Niko lächelte nur mild. „Wir werden ihn retten, aber Gewalt ist keine Lösung.“

„Lass das Mädchen doch werfen! Nach dem, was die Kerle ihr alles angetan haben, hat sie das Recht dazu.“ Die Stimme war die des kräftigen Mannes, der Zwickenpflug schon vorher so auf die Palme gebracht hatte. Er war Ägypter, hieß Hamed und hatte mit Lea und Niko in derselben Baracke übernachtet.

„Außerdem, was, glaubst du, werden die mit uns anstellen, wenn wir uns jetzt nicht zur Wehr setzen. Du hast doch gesehen, die sind vollkommen verrückt geworden. Dies ist vielleicht unsere letzte Chance zum Widerstand! Sieh doch!“ Hamed drehte sich mit ausgebreiteten Armen einmal um die eigene Achse. „Alle sind auf den Beinen. Es ist nur alles so … so chaotisch. Wenn wir das in geordnete Bahnen lenken könnten, wären wir so gut wie hier raus.“

Leider hatte Hamed recht. Der Aufstand war chaotisch und unorganisiert.

„Wir brauchen einen Anführer!“ Hamed blickte Niko mit seinen lodernden schwarzen Augen an, doch dieser zögerte noch einen Moment, bevor auch sein Gesicht einen entschlossenen Ausdruck annahm.

„Hamed, mein Freund. Jetzt oder nie!“

Die beiden Weihnachtsmänner schüttelten sich die Hände. Niko, der plötzlich wie verwandelt war, rief einige der umstehenden Weihnachtsmänner zu sich und sie bildeten einen Kreis.

„Das Wichtigste ist“, erklärte Niko den Männern nun, „wir müssen den *Befrager* ausschalten. Das heißt, wir müssen durch das Tor, um so schnell wie möglich den Elf zu befreien und diese Höllenmaschine unschädlich zu machen. Als Nächstes müssen wir …“

Lea konnte nichts verstehen, also drängelte sie sich zwischen den Beinen der Männer hindurch, um auch an diesem Kriegsrat teilnehmen zu können.

„Das Holz dafür nehmen wir von den Hütten“, hörte sie Niko nun sagen. „Ich brauche also zwei Trupps, die diese Dinger auseinandernehmen.“

„Das übernehmen wir!“ Einige Männer meldeten sich.

„Gut. Wir müssen auch die Türme im Auge behalten“, fuhr Niko fort. „Es soll Wasserwerfer geben. Wenn die zum Einsatz kommen, haben wir ein Problem. Männer, das wird nicht einfach. Geben wir unser Bestes, damit heute Abend doch noch Weihnachten gefeiert werden kann!“

Die Weihnachtsmänner hoben die Fäuste und stimmten Nikos Plan mit lautem Gebrüll zu.

„Und, Lea …!“ Jetzt wandte sich Niko direkt an sie.

„Ja?!“

Niko lächelte ihr zu. „Wirf endlich deinen Schneeball! Und dann bleib dicht hinter mir.“

Lea warf den Schneeball über den Zaun auf die Plastikschildkröte. Es war nur einer von vielen, doch als er mit einem satten Geräusch zerplatzte, fühlte es sich sehr, sehr gut an.

Die Weihnachtsmänner gaben Nikos Anweisungen an die anderen weiter und schon bald begann das Chaos einer gewissen Ordnung zu weichen.

Es wurden immer noch Parolen gesungen und Schneebälle geworfen. Gleichzeitig hatte es sich nun aber eine Gruppe von Weihnachtsmännern zur Aufgabe gemacht, diese Schneebälle für die Werfer herzustellen. Etwa 30 von ihnen pressten den herumliegenden Schnee zu immer neuen Bällen. Diese stapelten sie zu pyramidenförmigen Haufen. Von dort konnten sich jetzt die Werfer bedienen.

Hamed, der Ägypter, führte eine andere Gruppe von Weihnachtsmännern an. Diese sollten Holz, vor allem einen großen Balken, besorgen. Im Eiltempo begannen sie, die Hütten niederzureißen.

Lea, die zusammen mit Niko immer noch am Eingang Z stand, war beeindruckt. Zwar wusste sie, nicht genau, was überhaupt geplant war, aber sie konnte die Entschlossenheit aller Beteiligten spüren.

Plötzlich fiel ihr etwas ein. „Niko, wir müssen endlich herausfinden, wer der echte Weihnachtsmann ist. In dem ganzen Durcheinander wird er sonst noch verletzt. Wir müssen ihn beschützen."

Niko blickte das mutige Mädchen an seiner Seite lange an, bevor er schließlich sagte: „Mach dir keine Sorgen, Lea. Der kommt schon allein klar und kann bestimmt auf sich selbst aufpassen."

Der *B 3000* war zwar nach wie vor außer Betrieb, aber der Riesenhelm, der die Maschine bediente, hatte sich aufgemacht, um die Ursache für deren Versagen zu finden. Die anderen Riesenhelme waren damit beschäftigt, Zwickenpflug und sich selbst vor den Schneeballsalven zu decken.

Tink war trotz seiner schlechten Lage wenigstens vorläufig sicher, stellte Lea einigermaßen beruhigt fest.

Zusammen liefen Lea und Niko jetzt durch das Lager und packten mit an. Einige der Mäntel wurden zerrissen, um aus ihnen starke rot-weiße Seile zu knüpfen. Überall hörte man auf Nikos Worte. Seine ruhige Art gab allen das Gefühl, dass er genau wusste, was zu tun war. Sie würden sich selbst befreien können, wenn sie nur alle zusammenhielten. Das war Nikos Botschaft. Er war der geborene Anführer.

Doch auch auf der anderen Seite des Zaunes blieben die Riesenhelme nicht untätig. Zwar schien Zwickenpflug außer Gefecht. Doch stattdessen hatte nun der Sheriff persönlich die Führung übernommen.

Er gab dem Riesenhelm mit der Nummer 13 den Befehl, den mehrfach am Kopf getroffenen Obersteuerbeamten ausschlafen zu lassen und dabei zu bewachen. Tatsächlich schnarchte der im Schnee hinter den Schilden liegende Zwickenpflug friedlich vor sich hin. Der Sheriff jedoch machte sich auf zum Wachturm. Es war an der Zeit zurückzuschlagen.

Kapitel 9

Sturm auf Eingang Z

Aus den Brettern, Balken und Bodendielen der Hütten hatten die Weihnachtsmänner mittlerweile alles zusammengezimmert, was sie benötigten. Sie waren nun im Besitz einer stattlichen Anzahl an Schilden, Keulen und, was am wichtigsten war, einem mehrere Meter langen Rammbock. Dieser bestand aus einem stabilen Balken und seitlich abstehenden Brettern als Haltegriffen. Um ihn anzuheben, waren mindestens zehn Weihnachtsmänner gleichzeitig nötig. Ganz vorn stand Hamed – lachend und die anderen anfeuernd. Mit seiner Bärenkraft war er dafür der richtige Mann.

Niko, der viel schlanker war, stand direkt hinter ihm. Auf sein Kommando schleppten sie den Rammbock in Richtung Eingang Z.

Voll Hoffnung, endlich ihren Freund Tink zu befreien, sprang Lea um die Männer herum und schob sich sogar unter den Balken, um mit anzupacken. Sie wurde jedoch einfach mit hochgehoben und beschränkte sich schließlich darauf, die anderen lauthals anzufeuern. Sich untereinander zu verständigen war gar nicht mehr so einfach, da eine schrille Alarmsirene durch das Lager schallte.

Der Weg von den Baracken zum Tor war weit und dort angekommen würde es erst richtig anstrengend werden. Lea rannte ein Stück nach vorn, dorthin, wo die Schneebälle gefertigt wurden, und deckte sich mit einigen glatten Eiskugeln ein.

Sie würden dieses Tor aufbrechen und zuerst ihren Freund und dann sich selbst befreien. Lea war sich da ganz sicher. Nur so würde es ein Weihnachtsfest geben können, denn einer dieser Gefangenen war dafür verantwortlich, heute Abend die Geschenke zu verteilen.

Leas Augen glänzten und ihre Wangen waren vom ständigen Hin- und Herrennen gerötet. Heute würde sie ihren Beitrag dazu leisten, dass alle Menschen ein frohes Fest feiern konnten.

Alle außer diesem Zwickenpflug, wenn es nach ihr ging.

Zur gleichen Zeit sprintete der Sheriff unter ständigem Beschuss zum Hauptturm. Er wurde dabei mehrmals von steinharten Schneebällen getroffen, rutschte aus, konnte sich gerade noch auf den Beinen halten und stürzte weiter vorwärts. Vor lauter Anstrengung lief ihm der Schweiß in Strömen hinunter und seine Augen brannten.

Da!!!

Endlich, der Eingang zum Turm.

Gleich hatte er es geschafft!

Mit einem letzten Satz brachte er sich in Sicherheit. Er hörte die Schneebälle hinter sich gegen den Beton klatschen.

Als er den Helmkopf hob, stand vor ihm ein eingeschüchterter Kollege, der die Nummer 116 trug.

„Sheriff, endlich sind Sie hier. Was sollen wir nur tun? Das hier ist eine Meuterei! Die Gefangenen sind alle außer sich. Wir haben versucht, sie mit einer Durchsage zu beruhigen. Wir haben sogar die Sirene eingeschaltet, aber die wollen einfach nicht hören."

Der Sheriff klopfte sich den Schnee von der schwarzen Uniform, bevor er antwortete: „Bringt den Wasserwerfer in Stellung."

„Aber Sheriff", wandte Nummer 116 ein, „bei diesen Temperaturen kann das Wasser zu tödlichen Verletzungen führen. Vielleicht sollten wir doch lieber versuchen, mit den Gefangenen zu reden, und dann ..."

„Ich habe gesagt, Wasserwerfer. Sofort! Sonst finden Sie sich auf der anderen Seite des Zauns wieder, Nummer 116!"

„Jawohl Sir, Sheriff, Sir!"

Nummer 116, der zuerst gar nicht wusste, wovor er mehr Angst hatte – vor den randalierenden Weihnachtsmännern oder vor dem Sheriff –, entschied sich für den Sheriff. Ohne weitere Einwände rannte er, dicht gefolgt von seinem Vorgesetzten, die Treppe innerhalb des Betonturmes nach oben, und fragte sich dabei, ob er heute Abend gesund nach Hause kommen würde.

Oben im Turm standen einige Computer auf einer Plattform, umgeben von Sicherheitsglas. Da sich der Wachturm an der Außenseite der Mauer befand, konnte man sowohl in das Lager als auch auf die Straße blicken.

Bei den aktuellen Geschehnissen innerhalb des Lagers verschwendete aber kein einziger der anwesenden Riesenhelme auch nur einen Blick auf die Straße. Später würden sie sich noch wünschen, sie hätten einen Blick riskiert ...

Doch noch war es nicht so weit. Die Besatzung des Hauptturms bestand aus Nummer 116 und zwei weiteren Riesenhelmen, die beim Eintreten des Sheriffs beinahe aus ihren Bürostühlen gefallen wären. Schnell standen sie auf und salutierten.

Der Sheriff aber hatte nur Augen für die Geschehnisse im Hof. Durch die dicken Panzerglasscheiben beobachtete er, wie sich eine ganze Bande von Meuterern mit einer Art Rammbock ausgestattet auf den Weg zum Eingang Z machte.

Mit einem Ruck fuhr der Sheriff herum und brüllte die verstörten Riesenhelme an: „Die Wasserwerfer klarmachen! Und haltet mir die Kerle mit dem Rammbock auf. Wenn sie es durch das Tor schaffen, mache ich euch dafür verantwortlich!“

Sofort begannen die Riesenhelme, geschäftig auf ihre Tastaturen einzuhämmern, und der Sheriff wandte sich mit geballten Fäusten wieder dem Lager zu.

Plötzlich fuhr aus einer der Ecken der Mauer eine riesige Wasserkanone empor. Der Wasserwerfer war vollautomatisch. Für einen Menschen wäre es ohnehin unmöglich gewesen, ihn in den Händen zu halten. Der Druck war zu groß.

Diese Furcht einflößende Waffe war bei den frostigen Temperaturen lebensgefährlich. Dem Sheriff war das durchaus bewusst. Mit einem eisigen Lächeln hinter seinem Visier gab er den Befehl: „Wasser marsch!“

Quietschend begann der, an eine Laserkanone erinnernde Wasserwerfer sich zu regen.

Mit unfassbarem Druck schossen Tausende Liter eiskalten Wassers auf die Weihnachtsmänner. Vom Wachturm aus suchten die Riesenhelme nach dem lohnenswertesten Ziel und schnell konzentrierte sich der betonharte Strahl auf Niko und seine Freunde.

Begleitet von Leas lauten Anfeuerungsrufen hatten die Männer es geschafft, den Rammbock zum Eingang Z zu tragen. Sie zielten kurz und warfen sich dann mit geballter Kraft gegen das erste der zwei Tore.

Der Rammbock prallte gegen das Metall und erschütterte das Tor. Eine bemerkenswerte Beule war der Lohn.

Dadurch angespornt schleppten die Weihnachtsmänner den Rammbock einige Schritte nach hinten, um dann erneut auf das Tor einzustürmen. Ein lauter Knall und das Tor bog sich bereits nach innen aus den Halterungen heraus. Nur noch wenige solcher Schläge und sie hätten nur noch ein Tor vor sich. Danach könnten sie vielleicht sogar das Finanzamt stürmen.

Lea schleuderte einen weiteren Schneeball in Richtung der Riesenhelme, die sich verschanzt hatten, um den verwirrten Zwickenpflug zu schützen.

Nummer 13, der für die Sicherheit des Obersteuerbeamten zuständig war, entschied, dass es hier nicht mehr sicher genug war. Er und seine Leute schnappten sich Zwickenpflug und zogen sich unter lautem Jubelgeschrei der Weihnachtsmänner und einem Hagel Schneebälle ins Innere des Finanzamts zurück.

Dieser kleine Sieg gab Niko, Hamed und den anderen erneut Kraft und sie wollten gerade durch das erste Tor brechen, als der gewaltige Wasserwerfer brüllend zum Leben erwachte.

Der erste Schwall Wasser kam so plötzlich, dass die Getroffenen zu Boden fielen und geradewegs davongespült wurden. Lea konnte ausweichen, aber beinahe alle, die die linke Seite des Rammbocks getragen hatten, wurden von dem bretthartem Strahl zu Boden geworfen.

Die restlichen Träger konnten den schweren Holzbalken so nicht mehr halten und er krachte polternd zu Boden. Einige der Weihnachtsmänner schrien vor Schreck und Kälte. Die Männer waren klitschnass und bei diesen eisigen Temperaturen … Lea wagte nicht daran zu denken.

Schutzsuchend hatten sich Niko und Hamed so neben den Rammbock geworfen, dass sie dem umherschwenkenden Wasserwerfer kein direktes Ziel mehr boten.

Ein wenig abseits stehend musste Lea mit ansehen, wie die Träger des Rammbocks langsam, aber sicher von dem gnadenlosen Wasserstrahl durchnässt wurden. Es war nur eine Frage der Zeit, bis sie zu rot-weißen Eisklumpen gefrieren würden.

Auf einmal hörte sie eine tiefe Stimme hinter sich: „Hier, halt das mal."

Erstaunt drehte sie sich um und musste erst einmal den Kopf in den Nacken legen, um dem Mann, der so plötzlich aus dem Nichts aufgetaucht war, ins Gesicht zu blicken. Es war der muskulöse Weihnachtsmann mit den vielen Tattoos, der vorher nur ein Unterhemd getragen hatte.

Jetzt trug er einen weiten, rot-weißen Fellmantel, den er jedoch gerade ablegte und Lea über den Kopf warf. Nur die dazu passende Mütze behielt er auf. Mit einer geübten Bewegung hob er einen gewaltigen, aus dicken Brettern gefertigten Schild vom Boden und schritt damit in Richtung des Rammbocks.

Lea, die sich erst unter einem Berg rot-weißen Fells hervorarbeiten musste, rief ihm nach: „Vorsicht, das ist gefährlich!"

Der Mann sah sie kurz über die Schulter hinweg an und lächelte. „Gefahr ist mein zweiter Vorname, aber du kannst Manni zu mir sagen." Er zwinkerte ihr zu und begann, mit langen Schritten und erhobenem Schild auf den Wasserstrahl zuzurennen.

Gebannt verfolgte Lea den mutigen Rettungsversuch.

Ohne zu zögern, sprang Manni genau zwischen den Wasserwerfer und die Weihnachtsmänner beim Rammbock. Die Wucht, mit der der eiskalte Strahl auf den Schild traf, war gewaltig und ein normaler Mensch wäre sicher davongeschleudert worden. Doch Manni war nicht normal. Er war ein Bär von einem Mann und wurde deshalb nur ein paar Meter nach hinten geschoben, bevor seine Füße auf dem eisigen Untergrund Halt fanden und er wieder zum Stehen kam. Er lachte laut und stemmte sich dem Wasserstrahl mit bloßer Muskelkraft entgegen. Das Wasser prallte ab und zerstob in silbrig glänzende Nadeln, die in alle Richtungen davonspritzten.

Niko und die anderen waren keineswegs in Sicherheit. Sie waren immer noch bis auf die Knochen durchnässt, aber der Wasserwerfer konnte sie zumindest nicht mehr direkt beschießen. Gleichzeitig erschien es Lea unwahrscheinlich, dass Manni dieser unmenschlichen Belastung lange würde standhalten können. Sie mussten diese eine Chance schnell ergreifen.

Niko sah das genauso. Er sprang auf und schrie: „Kommt schon, Männer! Jetzt brechen wir durch!"

Die, die noch stehen konnten, packten sofort mit an und im Schutz von Mannis Schild kamen einige der Schneeballwerfer hinzu. Sie hatten gesehen, dass ihre Freunde Hilfe benötigten, und waren herbeigeeilt. Gemeinsam hoben sie den zentnerschweren Rammbock an. Auf Nikos Kommando stießen sie ihn mit vereinten Kräften in das Tor, das endlich scheppernd nachgab und nach hinten kippte.

Begleitet von Leas Jubelschreien machten sie sich daran, das zweite Tor auf die gleiche Weise aufzubrechen.

Mit zusammengebissenen Zähnen ging Manni einige Schritte zur Seite, um ihnen weiter Deckung geben zu können. Immer noch stand er in einer Fontäne eisigen Wassers. Seine Lippen waren bereits blau angelaufen und er zitterte am ganzen Leib. Eiszapfen hingen von seinem Schild und sogar den Armen bis zum Boden. Es schien, als würde der Wasserstrahl selbst langsam zu Eis werden, so kalt war es.

Auf der anderen Seite des Zauns, jetzt nur noch durch ein Tor von seinen Rettern getrennt, begann Tink neue Hoffnung zu schöpfen. Er wand sich in seiner Klammer, um besser sehen zu können, wie es am Tor voranging.

„Los, Leute, ihr schafft es!“, feuerte er die Männer an.

Wieder krachte der schwere Rammbock gegen das zweite Tor und es war klar, dass es nicht mehr lange standhalten würde. Der Riesenhelm, der gerade Dienst im Wachhäuschen hatte, überlegte noch einen Moment, dann nahm er die Beine in die Hand. Die Weihnachtsmänner sahen nicht so aus, als würden sie sich von ihm allein aufhalten lassen. Also sah er zu, dass er zu seinen Kollegen kam. Sie mussten sich schnell neu formieren, um mit diesem Mob fertigzuwerden.

Die meisten Riesenhelme hatten sich auf der anderen Seite des Lagers am Eingang A zusammengefunden. Auch dort gab es Probleme.

Einige der Weihnachtsmänner hatten sich aus Bettlaken, Mänteln und Teilen der Heizöfen Enterhaken gebastelt und versuchten, damit über den

Zaun zu klettern. Die Riesenhelme mit ihren Hunden gaben sich größte Mühe, dies zu verhindern, indem sie mit ihren Knüppeln gegen die Zäune droschen, um die kletternden Weihnachtsmänner zu Fall zu bringen.

Mitten in diesem Tumult brach das zweite Tor krachend zusammen. Eingang Z war verloren und die rebellischen Weihnachtsmänner drängten in diesem Moment durch die Überreste des Tors.

Auch für den Riesenhelm, der für die Bedienung des *B 3000* zuständig war, lief es schlecht. Nachdem er die gesamte Maschine untersucht hatte, ohne auch nur den kleinsten Fehler zu finden, war er, dem Starkstromkabel folgend, ins Finanzamt gegangen. Vielleicht hatte das Kabel ja einen Riss oder das Hauptstromaggregat war ausgefallen.

In der rechten Hand einen Hydroschraubenschlüssel und in der linken einen Thermalhammer eilte er also durch die Gänge des riesigen Gebäudes. Den Blick immer auf das dicke schwarze Kabel gerichtet, das jedoch vollkommen in Ordnung zu sein schien. Er konnte sich die Fehlfunktion einfach nicht erklären.

Von den Geschehnissen draußen wusste er noch nichts und als er endlich am Ende des Kabels angekommen war, blieb er überrascht stehen.

Das Kabel steckte nicht in der Steckdose!

Erstaunt blickte er auf den Stecker und kratzte sich am Helm. Wie konnte das denn passiert sein?

Langsam ging er in die Hocke, drückte den Stecker zurück in die Steckdose und im selben Moment, als Niko und die anderen durch das zerstörte Tor brachen, erwachte der *B 3000* wieder zum Leben.

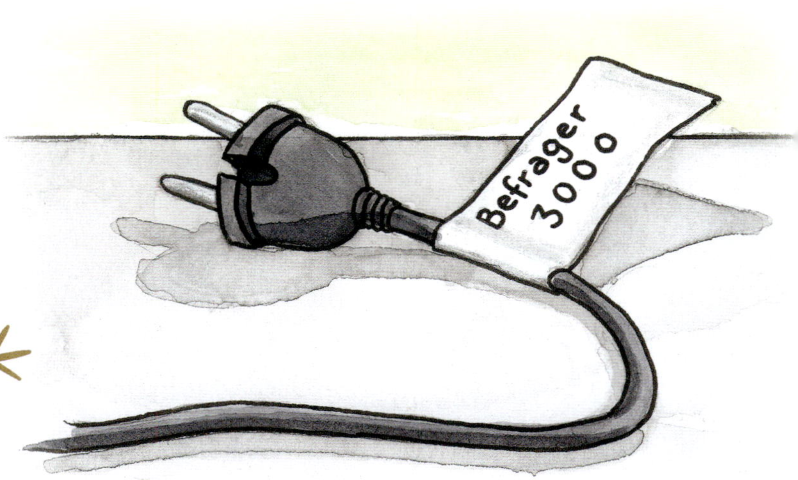

Kapitel 10

Die Zimtrevolution beginnt

Lea, die Mannis viel zu großen Weihnachtsmannmantel angezogen hatte und dicht neben Niko durch das aufgebrochene Tor schritt, spürte es als Erste. Eine elektrische Spannung, die sich rasend schnell aufbaute und ihre Haut zum Kribbeln brachte. Als Nächstes schossen bereits die ersten blau-weißen Blitze unter dem *B 3000* hervor. Wieder an die Stromversorgung angeschlossen, strömten mehrere Tausend Volt durch die Maschine.

Abrupt kamen Lea und die voranstürmenden Weihnachtsmänner zum Stehen.

Das konnte doch nicht wahr sein! So kurz vor dem Ziel!

Auch Tink, dem durch die elektrische Spannung bereits alle Haare zu Berge standen, begriff, was passierte. „Bleibt zurück!", schrie er. „Das ist gefährlich!"

Niko rannte los und doch kam er zu spät. Obwohl er durch den Stromausfall vorübergehend heruntergefahren war, erinnerte der *B 3000* sich an den letzten Befehl, den er erhalten hatte, und führte diesen nun automatisch aus. Das elektrische Summen steigerte sich zu einem hohen Pfeifton und mit einem grellen weißen Blitz entlud sich schlagartig die gesamte Energie.

Mit unglaublicher Kraft schoss der Chromlöffel nach vorn, die Klammer öffnete sich und Tink wurde vorwärts katapultiert.

Lea hörte ihn schreien und fiel verzweifelt auf die Knie. So knapp und doch waren sie zu spät.

Der helle Blitz der Entladung hatte die Aufmerksamkeit des gesamten Lagers erregt und alle Augen folgten dem durch die Luft fliegenden Elf. Während Lea, Niko und die anderen ihr Pech kaum fassen konnten, lächelte der Sheriff hoch oben in seinem Wachturm böse. Wenigstens dieser Verbrecher erhielt seine gerechte Strafe, dachte er.

Tink flog in einem hohen Bogen auf die bedrohlich glitzernde Spitze des Fahnenmasts zu. In wenigen Augenblicken würde er aufgespießt werden.

Sein Schrei wurde leiser, je weiter er flog, doch plötzlich hörte Lea noch etwas anderes. Etwas, das für sie von nun an das schönste Geräusch der Welt sein sollte.

Sie hörte das Klingeln von Hunderten kleiner goldener Glöckchen.

Wie aus dem Nichts tauchte der rot-goldene Schlitten des Weihnachtsmanns am Horizont auf.

Für einen klitzekleinen Moment sah es aus, als käme er trotz allem zu spät. Tink war nur noch wenige Meter von der tödlichen Spitze des Fahnenmastes entfernt, als der Schlitten, in einem beeindruckenden Kraftakt der Rentiere, so stark beschleunigte, dass er mit bloßem Auge nicht mehr zu sehen war. In letzter Sekunde flog der Schlitten genau vor den Fahnenmast und der immer noch schreiende Tink krachte auf die mit leeren Säcken gepolsterte Ladefläche.

„Und du hast gesagt, ich könnte das Ding nicht fliegen, Brüderchen!“ Rink lächelte seinem mitgenommenen Bruder spitzzahnig zu.

Doch die Gefahr war noch nicht vorüber. Obwohl die Rentiere ihre Geschwindigkeit drosselten, flog der Schlitten immer noch viel zu schnell und vor allem viel zu tief. Er steuerte direkt auf die Betonwand des Lagers zu.

Mit aller Kraft riss Rink an den Zügeln, aber der Winkel war zu steil. Zwar schafften es die Rentiere, über den großen Wachturm hinwegzufliegen, doch der Schlitten selbst krachte mitten in den gläsernen Aufbau des Turms. Das dicke Sicherheitsglas zerbarst und alle Riesenhelme inklusive des Sheriffs warfen sich Schutz suchend zu Boden.

Der „gerettete" Tink versuchte zwar noch, sich festzuhalten, wurde beim Aufprall aber hinausgeschleudert und fiel geradewegs zurück ins Lager. Noch während er fiel, hörte man ihn rufen: „Ich habe doch gesagt, du kannst nicht fliiieeegen!"

Äußerst unsanft landete Tink hinter einer der Baracken im Schnee, was aber immer noch besser als der spitze Fahnenmast war. Lea konnte ihn zwar vorerst nicht sehen, war sich aber sicher, dass er lebte. Trudelnd rauschte der Schlitten durch die Luft, bevor Rink ihn endlich wieder unter Kontrolle bekam und geradeaus davonflog. Das Klingeln der Glöckchen wurde leiser, als der Schlitten so schnell verschwand, wie er aufgetaucht war.

Von diesem Schauspiel überwältigt, hatten alle Weihnachtsmänner und Riesenhelme ihre Kämpfe eingestellt. Mit offenen Mündern starrten sie in den Himmel.

Lea war die Erste im ganzen Lager, die aus dieser Schockstarre erwachte. „Ich werde ihn suchen gehen! Hoffentlich ist er nicht verletzt."

Niko nickte zustimmend. „Aber sei vorsichtig."

Fragend sah Hamed die beiden an. „Was um alles in der Welt war das?"

„Das waren Blogger, E-Mail und Raiden, geflogen von einem verrückten Elf ohne Führerschein." Grinsend rannte Lea zurück durch den Eingang ins Lager, um den abgestürzten Tink zu suchen.

Als Lea über die zerstörten Überreste der beiden Tore kletterte, fiel ihr auf, dass irgendetwas fehlte. Zuerst wusste sie nicht, was es war. Suchend hob sie den Blick und mit einem Mal sah sie es.

Ihre gute Laune verschwand und sie schluchzte.

Was fehlte, war das laute Rauschen des Strahls aus dem Wasserwerfer. Er hatte aufgehört zu fließen und machte deswegen auch kein Geräusch mehr. Das Wasser, das vorher mit unvorstellbarem Druck herausgeschossen kam, war gefroren! Statt eines Wasserstrahls hing nun eine glitzernde Eisstange zwischen dem Wasserwerfer und Manni, dessen Schild über und über mit Eiszapfen gespickt war. Es glich einem gewaltigen Igel aus Eis.

Lea schluchzte auf vor Schmerz und Wut. Hoch aufgerichtet, den Schild in der Hand und mit zu allem entschlossenen Gesichtsausdruck stand Manni vor ihr. Sein muskulöser Körper war komplett von Eis umschlossen. Er bewegte sich nicht und wirkte wie die Statue eines antiken Eisgottes.

Langsam trat Lea an diese grausige Eisskulptur des Mannes, der sie und die anderen gerettet hatte, heran. Mit ihrer Hand berührte sie den Eisblock und zuckte vor Kälte zurück.

Manni war ein Held gewesen, ohne ihn hätten sie nie durch die Tore brechen können. Leise begann Lea zu weinen, die Tränen rannen ihr über das Gesicht und sie versuchte nicht, sie zurückzuhalten.

Überall hörte sie die Rufe der Weihnachtsmänner, die ihre Freiheit forderten. Sie hörte den Lärm der Kämpfe und doch war ihr, als stecke sie selbst in einem Eisblock. Alles war gedämpft, fern und fremd.

Ein Freund hatte freiwillig sein Leben gegeben, um sie alle zu retten. Bis jetzt hatte noch niemand anderes davon Notiz genommen und so stand sie allein neben der dreimal so großen Eisstatue und weinte.

Gleichzeitig loderte eine tiefe Wut in ihr. Sie nahm sich vor, diesen ganzen Wahnsinn zu beenden – koste es, was es wolle. Die Weihnachtsmänner mussten befreit und der echte Weihnachtsmann gefunden werden. Alle Kinder dieser Welt würden heute Abend Weihnachten feiern.

Während sie so in Gedanken vertieft dastand und sich selbst Mut machte, öffnete sich, von Lea unbemerkt, eine kleine Falltür im Boden direkt hinter ihr. Plötzlich packte sie jemand von hinten. Stahlharte Hände hielten ihr den Mund zu.

Lea versuchte sich loszureißen, doch der Griff war zu stark. Sie konnte nicht verhindern, rückwärts in das Loch im Boden geschleift zu werden. Die Falltür schloss sich über ihr und ihrem Angreifer und um sie herum wurde es dunkel.

Zur gleichen Zeit waren Niko und die anderen bis zum größten Wachturm vorgedrungen. Der Sheriff höchstpersönlich bemannte diesen Turm. Ihn auszuschalten wäre ein entscheidender Schritt zum Sieg und so ließ Niko die Weihnachtsmänner vor dem Turm halten. Seine Stimme klang entschlossener als je zuvor: „Solange der Sheriff dort oben ist, wird der Kampf nicht enden. Wir müssen ihn aufhalten!“

Hamed grinste. „Die Tür kriegen wir nicht so einfach auf … Vielleicht gibt er sich ja freiwillig geschlagen. Hey, du da oben, Captain Wirrkopf!“

Der Sheriff streckte seinen riesigen Helm über die Brüstung und blickte nach unten.

„Genau dich meine ich“, fuhr Hamed fort. „Wie wär’s, wenn du und die anderen Spinner aus eurem Turm kommt und euch ergebt?“ Diesen Vorschlag garnierte Hamed mit dem freundlichsten Lächeln der Welt. Niko grinste dem Ägypter zu, der nur mit den Achseln zuckte.

Etwa zehn Meter über den beiden zitterte der Sheriff vor lauter Wut am ganzen Körper. Erst jetzt bemerkte er, dass die meisten Weihnachtsmänner dort unten zumindest ein wenig nass geworden waren, bevor der nichtsnutzige Wasserwerfer den Geist aufgegeben hatte. Ihre Mäntel gefroren bereits und mit einem Mal kam ihm eine Idee. Kichernd zog er seinen hypermodernen Elektroskorpion hervor.

Die Kerle verspotteten ihn? Gut, er würde sie grillen.

Mit einem irren Grinsen im Gesicht lud er den E-Skorpion, während die anderen Riesenhelme vor ihm zurückwichen. Offenbar war der Sheriff nicht mehr Herr seiner Sinne.

Langsam hob er seine Waffe über die Brüstung und visierte die Weihnachtsmänner an. Er suchte und fand den Ägypter, der ihn aufgefordert hatte, sich zu ergeben. Der Sheriff zielte genau, leckte sich die Lippen und drückte ab.

Niko versuchte noch, Hamed aus dem Weg zu stoßen, doch was da aus dieser seltsam geformten Kanone schoss, flog nicht in einer geraden Bahn. Stattdessen kam eine Art gezackter Blitz auf sie zu und traf sie mit voller Kraft.

Ein lautes Zischen und der Blitz sprang von Weihnachtsmann zu Weihnachtsmann. Von nasser Stelle zu nasser Stelle. Er fraß sich in den Schnee und schmolz diesen unter ihren Füßen zu dunkelbraunem Matsch. Es roch verbrannt. Niko und die anderen standen da, Arme und Beine verkrampft. Unfähig, sich zu bewegen. Immer wieder schoss der Blitz durch ihre Körper und Niko wusste, dass sie das nicht lange überleben würden.

Was konnten sie nur tun?

Trotz des lauten elektrischen Zischens hörte er das schreckliche Lachen des Sheriffs, der den Abzug des E-Skorpions voll durchdrückte.

Nikos Kräfte schwanden und ihm wurde schwindlig. Er hatte sie alle ins Verderben geführt. Hoffentlich ging es Lea gut …

Wie aus dem Nichts kam in diesem Moment ein riesiger Schneeball geflogen und traf den Sheriff am Helm.

Dieser taumelte und stürzte beinahe über die Brüstung. Dabei glitt ihm der E-Skorpion aus den Händen und landete auf dem Gitterboden des Wachturms.

Ohne durch die Kraft des furchtbaren Blitzes aufrecht gehalten zu werden, fielen Niko und die anderen entkräftet zu Boden.

Was war passiert? Dieser Schneeball, er war doch von der anderen Seite der Mauer herüberflogen? Wer um alles in der Welt hatte ihn geworfen?

Dieselbe Frage stellte sich der Sheriff, während er versuchte, nicht vom Turm zu fallen. Einer der Riesenhelme half ihm und zog ihn wieder zurück über die Brüstung.

Gerade wollte der Sheriff zu schimpfen beginnen, als ihm auffiel, dass die anderen beiden Riesenhelme wie versteinert vom Turm hinunterstarrten. Jedoch nicht hierher auf die Lagerseite, wo die Revolte herrschte. Nein, sie schauten auf die andere Seite, zur Straße hinunter!

„Sir, das sollten Sie sich vielleicht mal ansehen“, murmelte einer von ihnen.

Langsam schritt der Sheriff durch die zerstörte Kommandozentrale des Wachturms. Das zerborstene Glas knirschte unter seinen schweren Stiefeln, als er an die Brüstung trat.

Was er sah, ließ ihn ungläubig aufstöhnen. „Das, das gibt es nicht …“ Er war fassungslos.

Auf der Straße, vor der Mauer des Lagers, standen Hunderte, vielleicht Tausende Kinder und bei seinem Anblick begannen sie alle gleichzeitig zu buhen. Aus Tausenden kleiner Kehlen schlugen ihm Buhrufe entgegen. Der Sheriff spürte seine Knie weich werden. Das musste ein Albtraum sein.

Einige der Kinder trugen Schilder, mit Sprüchen wie „Wir wollen Weihnachten, und wir wollen es jetzt!!!“ oder „Freiheit für die Weihnachtsmänner!“. Furchtlos schwenkten sie diese durch die Luft.

Zwischen den Kindern stach ein Junge besonders hervor. Es war Emil, der den Schneeball geworfen hatte. Mit stolz vorgerecktem Kinn stand er in der Menge.

Direkt neben ihm stand Ümit, der Emil schon mal in der Schule gesehen hatte. „Hey, guter Wurf!“, lobte er.

Emil wurde rot. Mit seinem Schneeballwurf hatte er den Startschuss für ihren Protest gegeben. Und er war es auch gewesen, der einen großen Teil dazu beigetragen hatte, dass sich hier und jetzt so gut wie alle Kinder der Stadt versammelt hatten.

Als Lea gestern an ihre KIDZKONEKT-Kontakte die Einladung zu einem Flashmob geschickt hatte, war ihr klar gewesen, dass sich die Nachricht von der Gefangennahme des Weihnachtsmanns wie ein Lauffeuer verbreiten würde.

Ümit starrte, wie all die anderen Kinder auch, nach oben zum Sheriff. Dessen riesiger, schwarzer Helm wies nun schon einige Kratzer und Dellen auf. Laut und deutlich rief Ümit nun: „Wir wollen Lea sehen! Wir wollen, dass der Weihnachtsmann freigelassen wird! Macht das Tor auf!“

Erst brach lauter Jubel aus, dann ertönten Sprechchöre: „Öffnet die Tore, wir wollen den Weihnachtsmann! Öffnet die Tore, wir wollen den Weihnachtsmann!“

Ungläubig blickte der Sheriff auf dieses Meer aus Kindern. Wo waren deren Eltern? Das Lachen war ihm schon lange vergangen.

Als Ümit sich jetzt einen schönen runden Schneeball zurechtdrückte, war dem Sheriff nach Heulen zumute. Für einen Moment zögerte er, doch dann gewann seine alte Wut die Oberhand und er brüllte: „Ich werde euch alle verhaften lassen! Das, was ihr hier macht, wird ein Nachspiel haben! Wartet nur, bis eure Eltern davon erfahren, ihr werdet alle eingesperrt.“

Ümit zuckte nur mit den Schultern und warf den Schneeball mit solcher Präzision ab, dass der Sheriff hart an der Schulter getroffen wurde. Es blieb ihm jedoch nicht einmal Zeit, sich darüber aufzuregen, denn im nächsten Moment flogen unter lautem Geschrei der Kinder Dutzende von Schneebällen auf den Wachturm zu.

Schnell sprang der Sheriff hinter der Brüstung in Deckung. „Wir brauchen Unterstützung. Am besten Panzer, U-Boote, Flugzeugträger …“

Die anderen Riesenhelme, die ebenso am Boden kauerten, blickten die stammelnde Nummer 1 verwundert an.

Das sah alles gar nicht gut aus.

Etwa zur gleichen Zeit traf ein erster Übertragungswagen des Nachrichtensenders LUX-NEWS am Rande der Demonstration ein.

Die berühmte Reporterin Anja Rados sprang aus dem Wagen und begann, gefolgt von ihrem Kameramann, die anwesenden Kinder zu interviewen. Als sie im Sender gehört hatte, was hier los war, konnte sie es zuerst nicht glauben, machte sich aber trotzdem sofort auf den Weg.

Das erste Kind, das sie nun befragte, war ein etwa sechsjähriges rothaariges Mädchen. Dessen Gesicht war voller Sommersprossen und es grinste mit einer gewaltigen Zahnlücke in die Kamera.

„Also, mein Kleines, wie heißt du und was machst du hier?“, fragte die Reporterin.

„Ich heiße Marie Maldonado und wir sind hier, um den Weihnachtsmann und ein Mädchen namens Clea zu retten.“

„Was meinst du denn mit WIR? Woher wusstet ihr alle, dass ihr hierherkommen solltet?“

„Auf meiner KIDZKONEKT-Pinnwand war eine Einladung“, erklärte das Mädchen, „und jetzt bin ich hier, damit Weihnachten nicht ausfällt. Außerdem arbeitet meine Oma im Fistanzamt.“

Das Mädchen hob die geballte Faust und rief mit einem breiten Zahnlückengrinsen: „Freiheit für den Weihnachtsmann und seine Freundin Leo!“

Dann lief sie davon und verschwand zwischen den anderen Kindern. Frau Rados, die in ihrer Karriere schon so einiges erlebt hatte, starrte nun zum ersten Mal in ihrem Leben sprachlos in die Kamera.

„Schnitt!“

Fünf Minuten später war sie landesweit live auf Sendung und alle anderen Fernsehsender schickten ebenfalls ihre Reporterinnen und Reporter.

Leas Mutter hatte die ganze Nacht kein Auge zugetan und ihre Tochter überall gesucht. Als sie nun die Nachrichten sah, begriff sie im ersten Moment gar nichts. Im zweiten Moment aber schnappte sie sich schon ihre Autoschlüssel und machte sich auf den Weg zum Finanzamt.

Gerade als sein Chauffeur den Mercedes aus der Einfahrt seiner Villa lenkte, erfuhr der Minister, was da live vor dem Finanzamt passierte. Er verschluckte sich an dem Schnitzel, das er im hinteren Teil der Limousine gerade herunterschlang.

Diese negative Berichterstattung war gar nicht gut so kurz vor den Wahlen.

Schweiß stand dem Minister auf der dicken Stirn. Was hatte er sich nur dabei gedacht, Zwickenpflug die Leitung einer so heiklen Operation ganz allein zu überlassen?

Jetzt würde der die Suppe auch allein auslöffeln müssen, schoss es dem Minister durch den Kopf.

Er ließ seine Berater kommen und rüstete sich mit einem weiteren Happen Schweineschnitzel für den anstrengenden Tag, der vor ihm lag.

Kapitel 11

Zwickenpflugs Rache

Während Lea durch den dunklen Tunnel geschleift wurde, versuchte sie gar nicht erst, sich zu wehren. Wer auch immer sie gepackt hatte, hielt sie mit eisernem Griff fest. Also sparte sie sich ihre Kräfte.

Vorerst beschränkte sie sich darauf, die schemenhaften Umrisse im Tunnel zu deuten. An seiner Decke verliefen dicke Rohre und irgendwelche Kabel. Wieso hatte niemand diesen geheimen Zugang zum Lager bemerkt?

Die Falltür war gut unter dem Schnee verborgen gewesen. Wahrscheinlich hätte man sie nicht einmal ohne Schnee vom Boden unterscheiden können. Die Riesenhelme waren nicht so dumm, wie sie aussahen.

Langsam wurde es heller und Lea erkannte immer mehr Details ihrer Umgebung. Nicht dass es viel zu sehen gegeben hätte. Betonwände, an denen dunkle Wasserflecken prangten, Kabel und Rohre. Sonst nichts.

Plötzlich blieb ihr Entführer stehen.

Lea hörte ein Klopfen gegen Metall. Kurz darauf wurde ein schwerer Schlüssel herumgedreht. Eine Tür öffnete sich und sie betraten das Finanzamt, diesmal auf unterirdischem Wege. Ob sie dieses Gebäude jemals durch die Vordertür betreten würde? Wohl eher nicht.

Lea versuchte, ihren Kopf zu drehen, um sich einen Überblick zu verschaffen, doch der Kerl hielt sie wie in einem Schraubstock gepackt. Gedanklich bereitete sie sich weiter darauf vor, sich bei der erstbesten

Gelegenheit mit aller Kraft zu wehren. Sie hoffte inständig, dass sie dazu überhaupt noch Gelegenheit bekommen würde.

Wieder stoppten sie und Lea hörte das leise Aufgleiten von Aufzugtüren. Bevor sie wusste, wie ihr geschah, wurde sie wie eine Spielzeugpuppe in den Aufzug geschleudert. Sie prallte gegen die Kabinenwand, fiel zu Boden, sprang jedoch gleich wieder auf und versuchte, zwischen den Beinen des Riesenhelms hindurch aus dem Aufzug zu schlüpfen. Doch der packte sie mühelos am Kragen und zerrte sie zurück in den Fahrstuhl. „Wo willst du denn hin? Der Obersteuerbeamte persönlich will mit dir sprechen."

Lea erkannte die unangenehme Stimme. Dieser Kerl hatte sie gestern Nacht ins Lager gebracht und heute hatte er Tink auf den *B 3000* geschnallt. Noch bevor sie den Blick hob und die zwei Zahlen las, wusste sie bereits, dass es sich um Nummer 13 handelte. Sogar für einen Riesenhelm war der ein besonders unangenehmer Zeitgenosse.

Lea verfluchte sich innerlich dafür, dass sie sich so leicht hatte gefangen nehmen lassen.

Langsam glitten die Aufzugtüren zusammen.

„Wohin bringen Sie mich?"

„Das wirst du noch früh genug herausfinden, aber hab keine Angst. Du wirst eine kleine Reise machen. Wir haben zwar nur den Hinflug für dich gebucht, aber besser als nichts, oder?" Der Riesenhelm kicherte böse und obwohl Lea nicht wissen konnte, was genau er mit seiner geheimnisvollen Andeutung meinte, gefiel ihr diese ganz und gar nicht.

Der Aufzug schoss immer weiter nach oben und als er endlich zum Stehen kam und sich die Türen öffneten, pfiff ihnen ein eisiger Wind um die Ohren. Sie waren auf dem Dach! Mal wieder …

Hatte Nummer 13 nicht gerade von einem Flug gesprochen? Ohne Rückflug? In Kombination mit dem Dach eines zehnstöckigen Gebäudes klang das gar nicht gut. Lea schluckte. Vielleicht wäre jetzt der richtige Zeitpunkt, sich zu wehren?

Als Nummer 13 nach ihr greifen wollte, wich sie aus und trat ihn gegen das Schienbein. Sie versuchte, seine Überraschung auszunutzen und sich an ihm vorbei aus dem Fahrstuhl herauszudrängeln. Wieder war der Riesenhelm schneller. Er erwischte sie und hielt sie unbarmherzig fest.

Sie hatte ihre Chance verpasst.

Ihre Füße berührten kaum den Boden, als Nummer 13 sie aus dem Aufzug und auf das Dach zerrte. Wind peitschte ihr ins Gesicht und ihre Augen begannen zu tränen. Sie blinzelte und versuchte, sich zu orientieren, als sie Zwickenpflugs Stimme über das Pfeifen des Windes hinweg hörte.

„Ja was hat die Katze denn da angeschleppt?", säuselte der Obersteuerbeamte. „Ein kleines Mäuschen?" Er schüttelte den Kopf. „Wohl eher eine riesige Ratte. Mit Sicherheit aber die Anführerin, ja ich würde fast sagen, die Mutter des Aufstands."

Die neunjährige Lea war noch nie zuvor als Ratte oder als Mutter von irgendetwas bezeichnet worden und war dementsprechend verwirrt. Sie wusste nicht so recht, ob sie die Nase rümpfen oder stolz sein sollte.

Zwickenpflug, der mit wiegenden Schritten näher kam, fuhr fort: „Als ich gehört hatte, dass ein Kind …", das letzte Wort spie er förmlich aus, „… begleitet von zwei widerwärtigen, grünen Bestien in mein wunderschönes Finanzamt eingedrungen sein sollte, glaubte ich zuerst kein Wort. Ich konnte ja nicht ahnen, dass es sich dabei um eine wahre Meisterspionin handelte. Jemanden, der gekommen war, um Recht und Ordnung aus dem Gleichgewicht zu bringen."

„Das da unten nennen Sie Recht und Ordnung?" Lea kochte vor Wut. „Sie sperren unschuldige Menschen und den Weihnachtsmann ein! Die Welt braucht den Weihnachtsmann."

Zwickenpflug kam mit seinem knallroten Kopf ganz nahe an sie heran, wobei seine wiedergefundene Brille nach vorn rutschte. „Was weißt du schon davon, was diese Welt braucht!", schrie er ihr ins Gesicht.

Er war ihr so nahe, dass sich ihre Nasen beinahe berührten, und Lea verzog angewidert das Gesicht. Sein Atem roch nach Zwiebeln und altem Fett. Zum Glück richtete er sich wieder auf und schritt nun mit hinter dem Rücken verschränkten Armen auf und ab.

„Die Menschen brauchen strenge Regeln, an die sich alle zu halten haben. In der Welt der Erwachsenen darf kein Platz für nutzlose Träumereien sein. Anstatt den Weihnachtsmann oder irgendwelche Filmstars zu bewundern, solltet ihr Kinder lieber lernen und arbeiten. Wer braucht schon Freizeit, Fantasie und Freunde. Sieh mich an! Das habe ich auch alles nicht und trotzdem bin ich glücklich. Und ich halte mich an die Regeln."

„Ich habe noch nie von Regeln gehört, die es erlauben, Unschuldige einzusperren!", unterbrach Lea ihn trotzig.

„Nummer 13, sollte mich dieses Gör noch einmal unterbrechen, werfen Sie sie vom Dach", stieß Zwickenpflug hervor.

„Jawohl, Sir!"

Mit vor Wahnsinn glänzenden Augen fixierte Zwickenpflug das vor ihm stehende Mädchen. „Darf ich jetzt aussprechen?! Die Jugend hat einfach keinen Respekt mehr, keine Manieren. Ihr tut, was ihr wollt und wann ihr es wollt, nicht wahr?"

Lea antwortete darauf lieber nicht.

„Du, mein Früchtchen", fuhr Zwickenpflug fort, „bist ein ganz besonders schreckliches Exemplar! Was soll denn aus dir schon werden, wenn du mal älter bist?"

Gerade als Lea antworten wollte, dass sie zumindest keine Steuerbeamtin werden würde, fiel ihr wieder Zwickenpflugs an Nummer 13 gerichteter Befehl ein und sie biss sich auf die Zunge.

„Gut, ich gebe zu, die Idee mit der Online-Einladung hat mich überrascht", gestand der Steuerbeamte ein. „Es wird dadurch viel schwieriger, diese Rebellion unter Kontrolle zu bekommen."

„Wovon reden Sie da?" Lea konnte ihren Mund einfach nicht halten. Die Freude darüber, dass ihre KIDZKONEKT-Flashmob-Einladung tatsächlich etwas bewirkt haben sollte, ließ sie für einen Augenblick alle Gefahr vergessen.

„Nummer 13, zeigen Sie's ihr!"

Bevor Lea wusste, wie ihr geschah, wurde sie von Nummer 13 an den Dachrand gezerrt. Sie versuchte sich zu wehren und stemmte sich mit ihren Stiefeln in den Schnee, doch der Riesenhelm war einfach zu stark. In einer mühelosen Bewegung hob er Lea über die kleine Mauer und sie war sich sicher, er würde sie vom Dach werfen. Stattdessen hielt er sie so, dass sie das ganze Gefangenenlager überblicken konnte.

Was gestern Nacht noch einen geordneten Eindruck gemacht hatte, glich jetzt einem riesigen, außer Kontrolle geratenen Karnevalsumzug. Überall rannten Gruppen von Weihnachtsmännern umher. Die wenigen Baracken, die nicht zu Kleinholz gemacht worden waren, brannten. Eingang Z stand offen und immer mehr Weihnachtsmänner drängelten hindurch. Das reinste Chaos.

Nur der Haupteingang, Eingang A, hielt nach wie vor stand. Dort hatten sich auch die restlichen Riesenhelme verschanzt.

Die größte Überraschung jedoch war, was sich jenseits der Mauer auf der Straße abspielte. Lea konnte ihren Augen kaum trauen.

Dort unten waren Hunderte, nein Tausende von Kindern, die das Lager beinahe vollständig umzingelt hatten. Von hier oben konnte sie keine Gesichter erkennen, doch sie sah Spruchbänder, Lichterketten und unzählige Kinder.

Am Rande dieses gewaltigen Menschenauflaufs standen Lieferwagen mit Satellitenschüsseln auf den Dächern. Lea erkannte sogar Kameras und Frauen und Männer mit Mikrofonen, die sich zwischen den Kindern bewegten.

Das alles sollte ihre Einladung ausgelöst haben?

Ein Lächeln erschien auf ihrem Gesicht.

Nummer 13 zog sie zurück auf das Dach. Doch Lea hatte ohnehin genug gesehen. Mit neuem Mut rief sie entschlossen: „Das Spiel ist aus, Herr

Obersteuerbeamter. Sagen Sie ihren Männern, sie sollen das Haupttor öffnen, und lassen Sie mich sofort gehen."

Zwickenpflug beobachtete sie wie eine Schlange ein Kaninchen. „Das könnte ich natürlich tun. Oh ja, das könnte ich. Oder aber ich mache etwas ganz anderes." Mit einem hinterlistigen Grinsen griff er in seine Tasche und zog eine kleine Fernbedienung hervor. Er drückte einen roten Knopf und im nächsten Moment übertönte lautes Quietschen das Pfeifen des Windes. Langsam schob sich ein Teil der gegenüberliegenden Seite des Daches auf.

Lea spürte das gesamte Gebäude erzittern, als sich das Dach zur Seite schob. Stück für Stück kam eine Plattform zum Vorschein, auf der ein gefährlich aussehender, schwarzer Helikopter stand, der durch die entstandene Lücke nach oben gefahren wurde. Mit einem dumpfen Knall kam die dicke Stahlplatte zum Stehen.

Zwickenpflug rückte sich die Brille zurecht. „Ich hoffe doch, du hast keine Flugangst. Falls doch, dann ist das dein Problem." Er und Nummer 13 lachten kurz.

Auf den ersten Blick wirkte der Helikopter unfertig. Es gab weder Türen noch Fenster an den Seiten. Das Ding glich eher dem Gerüst eines Hubschraubers. Auch die Rotorblätter fehlten. Stattdessen standen nur drei spitze Stacheln aus dem aus Stangen und Drähten bestehenden Dach heraus.

Es gab einen Sitz für den Piloten und eine Rückbank, die alles andere als sicher aussah.

Das Seltsamste jedoch war ein riesiger, orangefarbener Ball, der unten am Heckrotor hing. In großen schwarzen Buchstaben stand B-B-G-B auf dem Ball geschrieben und Lea hatte ein sehr ungutes Gefühl dabei, als Nummer 13 sie in Richtung des Hubschraubers schob.

Zwickenpflug, der neben ihnen herging, drückte ein weiteres Mal auf seine Fernbedienung. Die drei Spitzen auf dem Dach des Helikopters fuhren sirrend aus. Es klang, als würde ein scharfes Schwert aus der Scheide gezogen. Plötzlich hatte der Helikopter meterlange Rotoren.

Lea sah, dass sie messerscharf waren, und ihr fröstelte.

„Ich hoffe, dir gefällt die schwarze Libelle. Es handelt sich noch um einen Prototyp, aber für unsere Zwecke wird sie ausreichen." Zwickenpflug starrte seine fliegende Waffe beinahe liebevoll an, bevor er mit einer galanten Bewegung auf die Rückbank deutete.

„Darf ich bitten, kleine Lady? Und keine Sorge, für dich wird es kein allzu langer Flug werden."

Zögernd nahm Lea auf der wackligen Rückbank Platz. Sie war noch nie zuvor in einem Hubschrauber geflogen und sie bezweifelte, dass ihr dieser Flug viel Freude bereiten würde. Zwickenpflug setzte sich neben sie und Nummer 13 nahm den Pilotensessel ein.

Mit lautem Dröhnen begannen die Rotorblätter durch die Luft zu schneiden. Die Libelle hob ab.

Endlich ließen die Krämpfe nach und Niko konnte sich ohne Schmerzen aufrichten. Kurz darauf half er auch Hamed auf die Beine. „Alles in Ordnung, mein Freund?"

Der Ägypter war immer noch ein wenig bleich um die Nase. „Ich fühle mich, als hätte mich ein Blitz getroffen. Wer hat diesen Schneeball geworfen? Das hat uns das Leben gerettet. Sieh doch, sie werfen immer noch."

Beide sahen nach oben. Manchmal verfehlte ein Schneeball sein Ziel und kam über den Wachturm bis vor ihre Füße geflogen.

Da der Sheriff vorerst damit beschäftigt war, in Deckung zu bleiben, beschloss Niko, mit seinen Leuten nun doch die Mauer entlang zu Eingang A zu laufen.

Dort versuchten nach wie vor einige wenige Riesenhelme mit ihren Plastikschilden und Knüppeln, die Weihnachtsmänner daran zu hindern, an das Haupttor heranzukommen. Seit Eingang Z gefallen war, drängten jedoch immer mehr Weihnachtsmänner auf das Tor zu.

Viele der Riesenhelme waren bereits geflohen und einige der großen schwarzen Hunde schienen die Seiten gewechselt zu haben. Einer der Riesenhelme war den Zaun hinaufgeklettert, während zwei fies aussehende Hunde knurrend am Boden auf ihn warteten. Mit wütenden Sprüngen schnappten sie nach ihm und achteten dabei überhaupt nicht auf die umherflitzenden Weihnachtsmänner. Es war nur noch eine Frage der Zeit, bis die Weihnachtsmänner direkt vor dem Tor standen.

All das wurde von einem Mann auf einer ganzen Wand von Bildschirmen beobachtet. Obwohl es für jeden Riesenhelm Pflicht war, seinen Helm während des gesamten Dienstes unentwegt zu tragen, hatte dieser Mann seinen Helm abgenommen. Der Helm mit der Nummer 145 lag achtlos fallen gelassen auf dem Boden. Nummer 145 war der Riesenhelm, der Lea letzte Nacht am Eingang Z ins Lager gelassen hatte.

Am Morgen dann war er ans Haupttor versetzt worden und nun ganz allein für Eingang A verantwortlich.

Nummer 145 war jedoch alles andere als glücklich damit. Das Gesicht dieses kleinen Mädchens ging ihm einfach nicht aus dem Kopf. Es hatte ihn angesehen und um Hilfe gebeten und er? Er hatte seinen Helm aufgesetzt und nach Vorschrift gehandelt. Nach einer Vorschrift, die ihm selbst ungerecht erschien.

Seit nun dieser Aufstand begonnen hatte, saß Nummer 145 auf seinem Platz, massierte sich die Halbglatze und schüttelte von Zeit zu Zeit verzweifelt den Kopf. Entsetzt verfolgte er die Ereignisse auf den Monitoren.

Die vielen Überwachungskameras zeichneten alles und jeden auf.

Ruhelos wanderten seine freundlichen braunen Augen über die Bildschirme und doch fand er keine Antwort auf seine Frage: Was um alles in der Welt sollte er jetzt tun?

Er sah die vielen Kinder. Sie waren gekommen, um zu zeigen, dass sie nicht mit dem einverstanden waren, was die Riesenhelme getan hatten. Die Riesenhelme und damit auch er selbst.

Auf einmal wusste er, was zu tun war.

Mit zitternden Fingern drückte er einen großen grünen Knopf und das gewaltige Stahltor von Eingang A begann sich quietschend zur Seite zu schieben.

Die Menge erstarrte. Weder die verbliebenen Riesenhelme noch die Weihnachtsmänner bewegten sich. Sogar die schwarzen Hunde legten ihre Köpfe zur Seite und schauten neugierig auf das sich öffnende Tor.

Man hätte eine Stecknadel fallen hören können, als die ersten Kinder hinter dem Tor zum Vorschein kamen. Mit so einem schnellen Sieg hatte niemand gerechnet und alle standen wie erstarrt vor dem offenen Tor.

Plötzlich durchfuhr ein lauter Schrei die Stille. Es war Tink, der auf dem Rücken eines dieser riesigen, schwarzen Hunde saß. Die Hände ins Fell gekrallt ritt er am Zaun entlang und schrie: „JIIHAA!!! Worauf wartet ihr noch?!! Nichts wie raus hier!“

Das war das Startsignal und alle Weihnachtsmänner drängten in die Freiheit. Die wenigen Riesenhelme, die noch nicht die Flucht ergriffen hatten, konnten gegen diese Übermacht nichts ausrichten. Die glückliche Menge schob sie einfach zur Seite.

Der Kampf um das Lager war vorbei.

Die Weihnachtsmänner wurden von begeisterten Kindern empfangen, die sofort Jacken und Mäntel mit denen teilten, die nass geworden waren.

Ein lautes Triumphgeschrei erhob sich und überall fiel man sich freudetaumelnd in die Arme.

Auch Niko blieb stehen und umarmte lachend Hamed. Sie hatten es geschafft!

Die Reporterinnen und Reporter versuchten verzweifelt an das Tor heranzukommen, um Interviews mit den herausströmenden Weihnachtsmännern zu führen.

Es schien, als hätte die größte Weihnachtsfeier der Welt begonnen.

Nur auf dem Hauptwachturm wurde nicht gefeiert. Der Sheriff, der, von den fröhlichen Rufen überrascht, vorsichtig seinen behelmten Kopf über die Brüstung schob, sah erst jetzt, dass Eingang A offen stand.

Ümit und die anderen Kinder hatten das Interesse am Sheriff verloren und so hatte der Schneeballhagel aufgehört.

Bebend vor Zorn erhob sich der Sheriff zu voller Größe. „Verrat! Wir wurden verraten, von unseren eigenen Kameraden!“

Die drei Riesenhelme, die mit ihm die letzte Besatzung des Wachturms bildeten, starrten ihn an und bekamen es mit der Angst zu tun. Es schien, als wäre er tatsächlich verrückt geworden. Wie er da, mit sich selbst redend, durch die Scherben und Trümmer auf dem Turm stolzierte.

Zufällig stieß er dabei mit seinem Stiefel gegen den E-Skorpion, der ihm vorher aus der Hand gefallen war.

Er bückte sich, hob die berüchtigte Waffe auf und wog sie im Arm wie ein Baby. „Da bist du ja, mein treuer Freund. Männer, der Kampf ist noch nicht verloren! Ich werde diesen Bälgern jetzt zeigen, was passiert, wenn man sich mit dem Gesetz anlegt.“

Den E-Skorpion in den Händen schritt er auf die Brüstung zu, doch einer der Riesenhelme stellte sich ihm in den Weg. „Nummer 1, Sir, was haben Sie vor? Das sind Kinder!"

Wütend stieß der Sheriff ihn zur Seite. „Wer nicht für mich ist, ist gegen mich und damit auch ein Verbrecher!"

„Wenn das so ist, dann kündige ich, Sir!" Langsam nahm der Mann den riesigen Helm ab. Darunter kam ein junges, pickliges Gesicht zum Vorschein. Er warf dem Sheriff den Helm vor die Füße und wiederholte noch einmal. „Ich kündige!" Dann drehte er sich um und ging die Treppen im Wachturm hinunter.

Die verbliebenen Riesenhelme sahen sich gegenseitig an, als Nächstes blickten sie auf den E-Skorpion in den Händen des durchgeknallten Sheriffs. Unmerklich nickten sie sich zu und nahmen die Beine in die Hand. Sie rannten hinter ihrem helmlosen Ex-Kollegen her und verließen ebenfalls den Wachturm.

Der Sheriff war jetzt vollkommen allein. Schnee und Eis froren an seinem Helm fest und der Wind heulte um ihn herum. Mit einem irren Kichern drückte er den Ladeknopf des E-Skorpions und die gefährliche Waffe begann zu summen.

Kapitel 12

Rosa Weihnacht

Nummer 13 schien ein guter Pilot zu sein, denn trotz des starken Windes hob der Helikopter ohne das geringste Ruckeln vom Dach ab. Langsam stieg die schwarze Libelle in den Himmel und offenbarte ihren Passagieren damit einen noch besseren Blick auf die Geschehnisse am Boden.

Erst jetzt bemerkte Lea, dass das Tor am Eingang A offen stand. Ihr entfuhr ein kurzer Freudenschrei. Zwickenpflugs Gesicht lief dunkelrot an und sein Schnurrbart zitterte. Lea konnte eine dicke Ader an seinem Hals pulsieren sehen. Er erinnerte sie an einen Teekessel, in dem das Wasser schon lange kochte.

Zu lange.

Am liebsten wäre sie ein Stückchen von ihm weggerückt, aber die Libelle bot dafür keinen Platz. Sie blieb also dicht neben ihn gedrängt sitzen und schaute stattdessen weiter aus dem Helikopter heraus. Da dort, wo eigentlich eine Tür sein müsste, einfach gar nichts war, hatte sie freie Sicht.

Tief unter ihr strömte eine rot-weiße Flut von Weihnachtsmännern durch das geöffnete Tor aus dem Lager hinaus. Leo beobachtete, wie sie sich mit den vielen Kindern, die um die Mauern herum standen, vermischten.

Von hier oben konnte sie sehen, dass immer neue Kinder hinzukamen. Es wurden immer mehr und der Anblick war einfach wunderschön. Beinahe vergaß Lea, in was für einer misslichen Lage sie selbst sich befand. Doch dann begann Zwickenpflug zu sprechen: „Ihr habt es also tatsächlich geschafft, mich lächerlich zu machen. Eine Bande von Gaunern und eine Horde Kinder."

Für einen Moment wurde der Steuerbeamte still und blickte nachdenklich auf das Lager. Diese Stimmung währte jedoch nur kurz und er fing sich schnell wieder, nur um eine noch steifere Sitzhaltung einzunehmen und mit harter Stimme fortzufahren: „All das spielt keine Rolle mehr, wenn ich die B-B-G-B abgeworfen habe. Dann ist dieser ganze Zirkus beendet."

Lea horchte auf. Von was redete der oberste Steuerbeamte da? „Was haben Sie vor? Was ist die B-B-G-B?"

Zwickenpflug drehte sich zu ihr und schob die Brille auf seiner Nase nach oben. „Ach, dass interessiert dich?! Eigentlich solltest gerade du dich damit auskennen. So oder so wirst du es jetzt live miterleben. Von da unten!" Mit seinem Daumen deutete er aus dem Helikopter. „Wie gesagt, du kennst dich doch bereits mit unserer Bubble-Gum-Reihe aus. Du hast schließlich beinahe das ganze Finanzamt in Schutt und Asche gelegt."

Langsam dämmerte Lea, was es mit dem großen orangenen Ball hinten am Hubschrauber auf sich hatte.

„Was schaust du denn so erschrocken?", knurrte Zwickenpflug. „Dachtest du, ich wüsste nicht, was du alles angerichtet hast? Du wirst deine gerechte Strafe noch erhalten, genau wie alle anderen. Verlass dich drauf! Die Blitz-Bum-Gum-Bombe wird schon dafür sorgen."

Böse grinste Zwickenpflug vor sich hin, während die Libelle an Höhe gewann. Er wollte weitersprechen, als etwas geschah, das ihm die Gesichtszüge entgleisen ließ.

Mit vor Entsetzen geweiteten Augen und offenem Mund starrte er an Lea vorbei aus dem Helikopter.

„Das, das kann nicht wahr sein. Ich muss träumen …"

Lea drehte sich um und war kurzzeitig ebenso überrascht. Direkt neben dem Helikopter schwebte der rot-goldene Schlitten. Vorn saß Rink, die Zügel in seinen grünen Händen, und lächelte freundlich herüber.

Zwickenpflug, der den Schlitten zum ersten Mal sah, starrte fassungslos auf die fliegenden Rentiere. Plötzlich hob Rink die gespreizten Finger seiner rechten Hand und machte das Peace-Zeichen, wobei seine spitzen Zähne aufblitzten.

Das war endgültig zu viel für Zwickenpflug und er schrie den Piloten an: „Tun Sie etwas, Nummer 13! Sofort!!!“

Nummer 13 riss den Steuerknüppel herum und die Libelle legte sich schräg. Dadurch kamen die messerscharfen Rotorblätter rasend schnell auf Rink zu. Es sah aus, als würde er nicht mehr rechtzeitig ausweichen können, doch die jungen Rentiere reagierten instinktiv.

Sie bremsten den Schlitten minimal ab, und anstatt den armen Rink zu Hackfleisch zu verarbeiten, rissen die Rotorblätter nur das zwischen dem Schlitten und den Rentieren hängende Zaumzeug in Fetzen. Das mit Goldfäden durchwirkte Geschirr wurde zerschnitten und Rink hielt nur noch die Reste der Zügel in der Hand.

Verschreckt flogen die Rentiere davon und Rink wusste natürlich, dass der Schlitten ohne sie nicht flugtauglich war.

„Oh, oh …“, waren seine letzten Worte, bevor er mitsamt dem Schlitten abstürzte.

Lea, die beim Abdrehen des Helikopters beinahe herausgefallen war, schrie auf. Sie versuchte zu sehen, was mit Rink und dem Schlitten geschah. Doch die Libelle war bereits wieder in ihre normale, waagerechte Lage geschwenkt und so konnte Lea nicht erkennen, was unter ihr geschah. Sie drehte sich zu Zwickenpflug und begann, mit ihren geballten Fäusten auf ihn einzutrommeln.

Mühelos hielt dieser sie an den Handgelenken fest, während Lea ihn anschrie: „Sie sind ein Monster! Wie konnten Sie das nur tun? Er war mein Freund.“

„Mich nennst du Monster?!", lachte Zwickenpflug höhnisch. „Du und deine gesetzlosen grünen Freunde, ihr seid doch bei mir eingebrochen. Ihr habt euch das alles selbst zuzuschreiben, genau wie die da unten."

Lea schluckte ihre Tränen und ihren Kummer hinunter. Sie wusste, nur so hatte sie eine Chance. Weinen brachte nichts.

„Was haben Sie vor?", fragte sie ruhig.

„Keine Sorge, du wirst es gleich miterleben."

Automatisch griff Lea an den Sitz und suchte nach einem Gurt, um sich anzuschnallen. Es gab keinen.

Zwickenpflug, der selbst angeschnallt war, bemerkte ihre suchende Handbewegung. „Du brauchst keinen Gurt. Gleich ist es so weit."

Viele Hundert Meter unter dem Helikopter hatte niemand etwas von dem kurzen Luftkampf bemerkt. Am allerwenigsten der Sheriff, der ungeduldig auf den Ladebalken seines E-Skorpions starrte und dabei an die unartigen Kinder vor seinem Turm dachte. Die würden sich noch wundern …

Endlich! Mit einem kurzen Piepen war die Waffe einsatzbereit.

Den Helm hoch erhoben, schritt der Sheriff an die Brüstung des Wachturms und richtete den E-Skorpion auf die unter ihm stehenden Kinder. Ümit bemerkte ihn als Erster. „Seht euch den an! Der hat immer noch nicht genug!"

Schon ging er in die Hocke, um Schnee für einen Schneeball aufzusammeln, doch das Lachen des Sheriffs ließ ihn mitten in der Bewegung erstarren. Es klang wie das Gelächter eines vollkommen verrückten Superschurken aus einer Comicverfilmung.

„MUUUAHHHAHACHACHACHA!!!!!" Der Sheriff krümmte sich vor Lachen, bevor er abrupt ernst wurde. „Jetzt werde ich euch zeigen, was passiert, wenn …" Weiter kam er nicht, denn von oben stürzte ein wohnwagengroßer, rot-goldener Schlitten auf den Wachturm.

Erschrocken sprangen die Kinder zurück, als Trümmerstücke in alle Richtungen geschleudert wurden. Das Krachen des berstenden Holzes, zusammen mit dem Geräusch des einstürzenden Turms, war ohrenbetäubend. Wo vor einer Sekunde noch der höchste Turm des Lagers gestanden hatte, war jetzt nur noch ein Trümmerhaufen aus Holz, Steinen und Glas.

Neugierig kamen die Kinder, Weihnachtsmänner und einige Reporterinnen und Reporter näher, während sich der Staub langsam legte. Selbst Ümit fehlten die Worte.

Plötzlich schob sich aus dem Inneren des Schutthaufens ein langer Stab, an dessen Spitze ein weißes Laken gebunden war. Mühsam wurde der Stab hin- und herbewegt. Es sah aus, als schwenkte der eingestürzte Wachturm die weiße Fahne.

Die Menge begann zu jubeln.

Der gemeinste aller Riesenhelme hatte aufgegeben. Das war der endgültige Sieg!

Nur einer jubelte nicht.

Niko hatte erkannt, was da auf dem Wachturm gelandet war, und mit sorgenvoller Miene suchte er den Himmel ab. Was war dort oben geschehen, wo war Rink und vor allem, wo steckte eigentlich Lea?

Der Helikopter flog bereits zu hoch, als dass er vom Boden aus noch zu sehen gewesen wäre. Um ihn herum schwebten die ersten Wolken und es war sogar noch kälter als unten am Erdboden.

Lea fror fürchterlich, auch wenn das wohl ihr geringstes Problem war. Wäre ihr nicht schon eiskalt gewesen, spätestens Zwickenpflugs Stimme hätte ihr das Blut in den Adern gefrieren lassen.

Ohne jedes Gefühl begann er zu sprechen: „Dieser kleine orangefarbene Ball ist etwa 10.000-mal so stark wie die Granate, die du in der Waffenkammer gezündet hast. Deswegen mussten wir auch erst eine gewisse Flughöhe erreichen, bevor wir ihn auf die Reise schicken können. Ich denke, wir sind jetzt endlich hoch genug."

Lea startete einen letzten Versuch, diesen Wahnsinnigen zur Vernunft zu bringen. „Sie werden Ihr eigenes Finanzamt zerstören. Falls es nicht einstürzt, wird es zumindest über und über mit rosa Kaugummi verklebt sein. Sie werden es nie wieder betreten können."

Zwickenpflug sah einfach durch sie hindurch, als wäre sie gar nicht da. „Man wird mir ein neues Amt bauen. Man wird mich als Retter der Zivilisation und Beschützer der Ordnung verehren. Alles dort unten wird rosa Kaugummigerechtigkeit erleben. Mach dir also um mich keine Sorgen." Plötzlich fixierte er sie mit hasserfüllten Augen. „Kümmere dich lieber um dich selbst."

Lea wusste, was als Nächstes passieren würde, und sie wusste auch, was sie zu tun hatte.

Ohne große Anstrengung schubste Zwickenpflug sie aus dem Hubschrauber.

Lea fiel rückwärts und, wie es ihr komischerweise vorkam, in Zeitlupe. Damit hatte sie ausreichend Zeit, die Libelle von unten zu betrachten. Ja, sie sah sogar noch Zwickenpflugs teuflisches Grinsen und seine eiskalten Augen, als der sich aus dem Helikopter beugte.

Sie hob ihre Hand und winkte zum Abschied.

Mit einem Mal gefror das Lächeln in Zwickenpflugs Gesicht.

Zwischen Daumen und Zeigefinger hielt die abstürzende Lea einen kleinen silbernen Ring.

Zwickenpflug schlug sich mit der flachen Hand an die kahle Stelle, auf der sein Toupet sitzen sollte, und das war das Letzte, was Lea von ihm sah.

Danach war sie zu weit entfernt, und sie fiel immer schneller. War sie die ersten Sekunden noch in Zeitlupe gestürzt, raste sie jetzt geradezu auf die Erde zu.

Hinter sich hörte sie eine gewaltige Explosion und einen Moment später spürte sie die Druckwelle, die ihr zusätzlich Geschwindigkeit verlieh.

Als Zwickenpflug sie aus dem Helikopter stieß, hatte Lea ihre letzte Blitz-Peng-Gum-Granate in der Kabine zurückgelassen. Der verrückte Steuerbeamte hätte seine Drohung wahr gemacht und dann hätte es nie wieder Weihnachten gegeben.

Während Lea fiel, wusste sie, dass ihre Entscheidung die richtige gewesen war. Die Erde kam schnell näher und doch hatte Lea keine Angst. Sie ärgerte sich ein wenig, dass es ihr nicht gelungen war, den echten Weihnachtsmann kennenzulernen.

Zumindest hatte sie dazu beigetragen, ihn zu befreien. Wer immer er auch war. Er war frei. Dann dachte sie an ihre Mutter. Hoffentlich würde sie nicht allzu traurig sein, sondern auch ein bisschen Stolz empfinden.

Der Boden war noch etwa zwanzig Meter entfernt.

Lea schloss die Augen, sie war bereit.

Plötzlich spürte sie etwas Pelziges neben sich. „Aufwachen, Menschenkind! Sonst verschläfst du noch Weihnachten."

Lea riss die Augen auf und sah Rink, der auf E-Mail neben ihr flog und ihr die Hand entgegenstreckte.

Das für seinen unendlichen Hunger bekannte Rentier flog einen Bogen und Rink zog Lea zu sich. Sanft landete sie auf E-Mails breitem Rücken.

„Halt dich gut fest, Lea!", rief der Elf ihr zu.

Lea klammerte sich an das pelzige Geweih, und kurz bevor sie den Boden berührten, gewann das Rentier wieder an Höhe.

„Das war ziemlich knapp. Hätte fast meine Mütze verloren." Rink strahlte sie mit einem breiten, sämtliche Reißzähne entblößenden Lachen an.

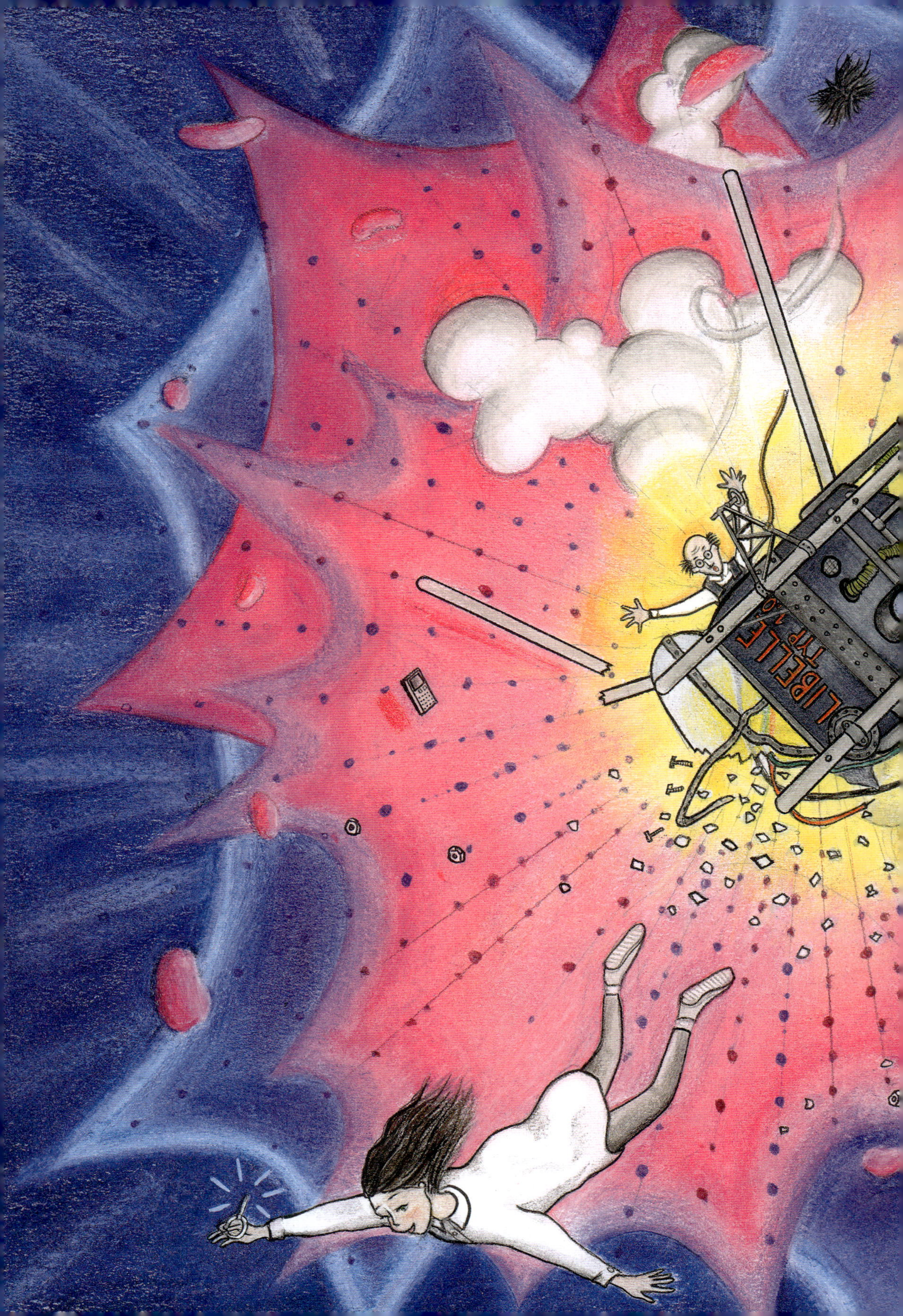
LIBELLE
TYP 1.0

Lea ließ das Geweih los und umarmte den Elf, was beinahe wieder zu einem Absturz geführt hätte.

„Du lebst und du hast mich gerettet!“

Rink versuchte, sich aus ihrer Umarmung zu winden und gleichzeitig nicht vom Rentier zu fallen. „Schon gut, schon gut. Wir werden jetzt erst mal landen. Ich denke, da unten warten einige Leute schon sehr ungeduldig auf dich.“

Nach einer kurzen Pause, fügte er hinzu: „Lea, erzähl mir doch bitte mal, was du da oben angestellt hast, das sieht ja aus, als wäre eine zweite Sonne aufgegangen.“

Nur wenige der Umherstehenden bemerkten es überhaupt, als E-Mail in der Nähe des Eingangs A landete. Die meisten starrten immer noch in den Himmel und beobachteten die riesige Explosionswolke, die sich dort mit rasender Geschwindigkeit ausbreitete.

Ehrfürchtiges Gemurmel und erstaunte „Oh“-Rufe, wie bei einem Feuerwerk, waren zu hören. Sie alle spürten die Wärme, die von dort oben herunterstrahlte. Einige zogen die dicken Mäntel aus und die Kleider der nass gewordenen Weihnachtsmänner begannen zu trocknen. Niemand konnte sich erklären, was genau dort oben passiert war.

Ümit, der wie alle anderen nach oben glotzte, rief als Erster: „Hey, ich glaube, es fängt an zu schneien!“

Doch was da vom Himmel fiel, war kein Schnee, sondern große, runde, rosa Bubble-Gum-Stücke. Sie schneiten flöckchenweise vom Himmel und innerhalb kürzester Zeit war das Lager und alles darin vollkommen rosa.

Rink, der neben Lea stand, schüttelte den Kopf. „Du bist wirklich ein sehr außergewöhnliches Mädchen.“

Lea grinste von einem Ohr bis zum anderen und nahm seine Hand. „Ich fasse das mal als Kompliment auf."

Zusammen genossen sie den Bubble-Gum-Schnee, bis Lea zwischen all den glücklichen Menschen plötzlich eine Erwachsene auffiel, die im Gegensatz zu den anderen nicht auf die rosa Flocken achtete, sondern von Kind zu Kind lief und offensichtlich jemanden suchte.

Es war ihre Mutter!

Lea ließ Rink los und rannte auf sie zu. Als ihre Mutter sie sah, lief sie ihr entgegen und Lea warf sich in ihre Arme. Sie weinten vor Glück, als sie sich aneinanderdrückten.

„Wo hast du denn nur die ganze Zeit gesteckt?", wollte Leas Mutter wissen. „Tu das bitte nie wieder."

Erst jetzt sah ihre Mutter die Kratzer in Leas Gesicht und den mitgenommenen Zustand ihrer Kleidung. „Wie siehst du denn nur aus? Ich hab versucht, dich zu erreichen, ist alles in Ordnung?"

Lea winkte ab. „Mir geht es gut, Mama, nur mein Handy ist … äääähm, ach egal. Komm mit, ich möchte dir jemanden vorstellen."

Rink stand mit E-Mail etwas abseits und gerade als Lea und ihre Mutter zu ihm treten wollten, tauchte plötzlich Niko aus der Menge auf. Ohne Lea zu bemerken, sprach er den Elf an: „Rinkerton Melville Junior der Dritte, was um alles in der Welt machst du hier? Du hast die Jungrentiere den Schlitten fliegen lassen?! Noch dazu eine so weite Strecke? Bist du denn von allen guten Geistern verlassen? Und dein Bruder? Den knöpf ich mir auch noch vor. Was habt ihr nur hier zu suchen? Einfach den Schlitten zu stehlen, unglaublich!"

Niko hatte Lea, die dicht hinter ihm stand, immer noch nicht bemerkt.

„Boss, du solltest lieber …", versuchte Rink ihn am Weitersprechen zu hindern.

Doch Niko war richtig in Fahrt und ließ sich nicht stoppen. „Ach jetzt bin ich wieder der Boss, aber wenn ich mal fünf Minuten aus dem Haus bin, macht ihr, was ihr wollt. Ihr hättet verletzt werden können. Außerdem hast du keinen Führerschein."

„Boss, hinter dir!"

Niko hielt inne, drehte sich langsam um und blickte in Leas ungläubiges Gesicht. Schritt für Schritt kam sie näher. „Du?! Du bist es!?"

„Äh, Lea … schön, dich zu sehen. Ich bin froh, dass es dir gut geht. Wer soll ich sein? Ich bin, ähm … niemand und muss jetzt auch los, also bis später."

Niko winkte und wollte sich aus dem Staub machen, doch Lea stellte sich ihm in den Weg. „Du bist es wirklich, nicht wahr?"

Niko seufzte und gab seinen Widerstand auf.

„Also, wenn du mich so direkt fragst … Gut, du hast es verdient, die Wahrheit zu erfahren. Ich bin es. Ich bin der echte Weihnachtsmann."

Ohne ein weiteres Wort umarmte Lea den, den sie so lange gesucht hatte, obwohl er die ganze Zeit so nahe gewesen war.

Leas Mutter, die alles mitangehört hatte, wusste nicht so recht, was sie davon halten sollte. Sie musterte den blonden Mann und sagte: „Aber Sie sind doch noch so jung."

Niko lächelte. „Das ist sehr nett von Ihnen. Aber ich bin etwas über 107 Jahre alt."

Lea kam aus dem Staunen nicht mehr heraus, so alt? Sie hätte nie gedacht, dass Niko der echte Weihnachtsmann sein könnte. Man sollte vielleicht doch nie nach dem Äußeren gehen. Ernst sah sie ihn an. „Ich hätte da einige Fragen an dich …"

Sie wurde jedoch von lautem Hundegebell unterbrochen, das alle zusammenzucken ließ. Aber es war nur Tink auf seinem riesigen, schwarzen Hund, der auf sie zugeritten kam.

„Tinkerton!", begrüßte Niko seinen Elf. „Ich bin froh, dass es dir gut geht, und auch, dass dir das Reiten so viel Spaß macht. Du und dein

Bruder, ihr werdet nämlich bis nach Hause reiten dürfen. Irgendwer muss schließlich den Ersatzschlitten holen, da ihr den anderen geschrottet habt."

„Wir haben drei Jungrentiere dabei, Boss", lachte Tink.

„Danke für das Angebot! Aber es wird wohl ziemlich kalt werden und für so einen Ritt zum Nordpol bin ich dann doch schon zu alt."

Grinsend fügte Niko hinzu. „Und beeilt euch! Heute Abend liegt noch eine Menge Arbeit vor uns."

Von allen unbemerkt hatte die Hitze der Explosion, deren Zentrum genau über dem Lager gelegen hatte, den Großteil des Schnees und des Eises im Lager geschmolzen. Nur in der Nähe von Eingang A stand noch eine glatte Säule aus Eis. An den Außenseiten war das Eis bereits geschmolzen und um die Säule herum breiteten sich große Pfützen aus Schmelzwasser aus.

Plötzlich begann die Säule zu knacken.

Erst leise und kaum merklich, dann klaffte mit einem Mal ein breiter Riss über die Längsseite der Säule. Das Eis knirschte und knackte und als ein weiterer Riss die Außenhaut der Säule spaltete, brach ein großes Stück Eis ab. Platschend fiel es in eine der Pfützen am Boden.

Aus dem Inneren der Säule kam ein gewaltiger tätowierter Arm zum Vorschein. Er streckte sich, bevor er nach oben griff und den gesamten oberen Teil der Säule abbrach. Das Eis splitterte mit lautem Knirschen und Mannis Oberkörper tauchte auf. Sein Unterhemd war durchnässt und er schüttelte sich erst einmal wie ein Bär nach dem Winterschlaf. Die Weihnachtsmannmütze war durch eine dicke Schicht Eis mit seinem Kopf verbunden. Manni seufzte und schlug mit der flachen Hand gegen die Eiskugel auf seinem Kopf. In kleinen Eissplittern regnete diese daraufhin zu Boden. Er wollte sich gerade auf den Weg machen, um herauszufinden, wo zum Geier alle geblieben waren. Da merkte er, dass er von den Hüften abwärts noch immer in einer dicken Säule aus Eis steckte. Im nächsten Moment bemerkte er den rosa Bubble-Gum-Schnee überall um sich herum.

„Was hat dieses verrückte Mädchen wieder angestellt?"

Kopfschüttelnd begann er, sich aus seinem Eiskokon zu befreien.

Zu den wenigen Menschen, die Lea, Rink und E-Mail hatten landen sehen, gehörte die ehrgeizige Reporterin Anja Rados. Sofort packte sie ihren Kameramann, der die Explosion filmte, am Arm und zog ihn hinter sich her, während sie sich durch die Menge drängelte. Sie witterte einen Riesenknüller. Die Story des Jahrhunderts.

Als sie jedoch endlich bei Lea und deren Mutter ankam, waren der Elf und sein Minirentier bereits verschwunden. Tink, den Frau Rados auch vorher nicht gesehen hatte, war zusammen mit seinem Bruder auf E-Mail davongeflogen.

Natürlich war dies nicht ohne Streit darüber, wer vorn sitzen durfte, vonstattengegangen. Rink behielt dieses Mal die Oberhand. Schließlich, so beharrte er, hatte er seinen Bruder gerettet. Dass er ihn im nächsten Moment schon wieder fallen gelassen hatte, war eine andere Geschichte. So flogen die zwei davon, um erst einmal die beiden noch übrigen Jungrentiere einzufangen und sich dann auf den Weg zum Nordpol zu machen, um den Ersatzschlitten zu holen.

Niko bemerkte die anstürmende Reporterin und verabschiedete sich mit einem Küsschen auf die Wange von Lea. Zuvor versprach er aber noch, sie an den Feiertagen zu besuchen. Lea und ihre Mutter sahen dem so gar nicht ihren Erwartungen entsprechenden Weihnachtsmann nach. In seinen viel zu großen roten Hosen und der schief sitzenden Pelzmütze verschwand er in der Menge.

Dann fiel auch schon Frau Rados wie ein Puma über sie her.

„Ich bin Anja Rados von LUX-News. Könntest du mir bitte ein paar Fragen beantworten? Wer war das? Wer bist du? Und was ist das für ein rosa Zeug überall?“ Gespannt hielt Frau Rados Lea ihr Mikrofon direkt vors Gesicht und Lea gab das erste Interview ihres Lebens.

„Das war nur ein Freund und ich bin Lea.“

Frau Rados drehte sich zur Kamera und plapperte drauflos: „Hier bei mir steht Lea, die uns jetzt erzählt, was hier passiert ist und vor allem warum. Also Lea, was hast du mit diesem grünen Wesen zu tun? Ist das ein Außerirdischer? Ein Marsmensch?“

Jetzt fuhr Leas Mutter dazwischen und legte den Arm um ihre Tochter. „Das Interview ist beendet. Wir gehen nach Hause.“

Die Reporterin ließ jedoch nicht locker und so kam es, dass Lea einige Tage später ein weiteres Interview, dieses Mal in einem Fernsehstudio, geben würde.

Während Lea und ihre Mutter Arm in Arm durch den rosa Bubble-Gum-Schnee schlenderten, tippte jemand auf Leas Schulter. Sie wirbelte herum, die Fäuste geballt, doch anstatt die albtraumhafte Visage eines Riesenhelms vor sich zu sehen, blickte sie in das freundliche, erschöpfte Gesicht von Manni.

Er zwinkerte ihr leicht schwankend zu. „Wo hast du denn meinen Mantel gelassen?“

Weinend fiel sie ihm in die Arme. „Ich glaube, ich habe ihn verloren, als ich an Bord des Helikopters geschleppt wurde. Oder er ist zusammen mit dem Hubschrauber explodiert.“

NEWS
NEWS

Rettet Weihnachten
WIR WOLLEN GESCHENKE

„Erinnere mich in Zukunft daran, dir nichts zu leihen", lachte Manni.

Lea schluchzte vor Glück. „Okay … kommst du mit uns nach Hause? Mama, kann Manni mit uns kommen?"

Leas Mutter überlegte noch, als Manni vor ihren Augen zusammenbrach.

Gemeinsam schleppten sie ihn zum Auto und fuhren ihn zu sich in die Wohnung.

Wie jedes Jahr stand mitten auf dem Marktplatz der größte und schönste Weihnachtsbaum der Stadt. Dort versammelten sich heute besonders viele Menschen. Sie beschenkten sich, sangen Weihnachtslieder und staunten über den wundervoll geschmückten Baum.

Dieses Jahr jedoch gab es eine noch nie da gewesene Besonderheit. Anstatt mit weißem Schnee war der Baum mit unzähligen rosa Flocken bedeckt.

Die anderen Kinder waren längst mit ihren Eltern nach Hause gegangen. Nur Ümit und sein Freund Paul saßen noch unter dem Baum. Aufgedreht unterhielten sie sich. Keiner der beiden war müde. Die Nacht war einfach zu außergewöhnlich gewesen. Rosa Schnee!

Die beiden schlenderten um den riesigen Baum und betrachteten die Christbaumkugeln, die meterlangen goldenen Girlanden, das Lametta und die vereinzelten Lebkuchenherzen. Plötzlich hielten sie inne. War da nicht ein Geräusch gewesen?

Gemeinsam starrten sie den Baum hinauf. Genau in die Richtung, aus der dieses seltsame Geräusch gekommen war. Gerade als sie sicher waren, es sich nur eingebildet zu haben, wiederholte es sich. Ein Stöhnen oder undeutliches Murmeln.

Jemand sprach dort oben im Baumwipfel. Oder nein.

Jemand sang!

Die beiden Freunde traten einige Schritte zurück, um einen besseren Blick auf den Baumwipfel zu bekommen. Und tatsächlich – im Baum waren zwei Gestalten zu erkennen. Die eine trug eine zerschlissene, schwarze Uniform und einen riesigen Helm. Alles war über und über mit rosa Bubble-Gum verklebt. Der verbeulte Riesenhelm schunkelte zum Gesang der zweiten Gestalt.

Diese hatte eine Glatze. Eine Brille saß dem Unglücklichen schief auf der Nase und sogar sein dünner Schnurrbart war mit rosa Bubble-Gum verklebt. Er war es, der sang – und zwar Weihnachtslieder. Auch wenn er kaum zu verstehen war und den Text nicht wirklich zu kennen schien, sang er zweifellos *Stille Nacht, Heilige Nacht.*

Nachdem sie eine Weile andächtig gelauscht hatten, stieß Ümit seinem Freund in die Seite.

„Wir sollten jemandem Bescheid sagen."

Und so kam es, dass der oberste Steuerbeamte des Landes am Heiligen Abend Weihnachtslieder singend und an einen Christbaum geklebt gefunden wurde.

Als man ihn und seinen letzten Helfer vom Baum befreite, sang er *Oh du Fröhliche.*

Als man ihn für seine Verbrechen anklagte, sang er *Alle Jahre wieder.*

Und als man ihn wegbrachte und einsperrte, sang er *Oh Tannenbaum.*

Seitdem beginnt der Mann mit dem dünnen Schnurrbart jedes Jahr an Weihnachten erneut zu singen.

Manni verbrachte den ganzen Tag in der heißen Badewanne und abends war er, bis auf einen kleinen Schnupfen, wieder auf den Beinen. Es war an der Zeit, den Heiligen Abend zu feiern. Als es dunkel wurde, hatte es endlich angefangen richtig zu schneien, und obwohl einige Kinder den rosa Bubble-Gum-Schnee vorgezogen hätten, waren doch alle froh über die weiße Pracht.

RETTET
DEN
WEIHNACHTS-
MANN

SF

Überall auf der Welt lagen die Geschenke rechtzeitig unter den Weihnachtsbäumen und Lea wusste, dass sie selbst in diesem Jahr einen großen Teil dazu beigetragen hatte. Die Familien saßen beisammen und man hörte Weihnachtslieder aus allen Häusern. Selbst viele der Jüngsten hatten an der Zimtrevolution teilgenommen und deren Eltern staunten nicht schlecht über ihre mutigen Kinder. Bis spät in die Nacht erzählten die Kinder von dieser unglaublichen Begebenheit.

Als Lea einige Tage später in ein TV-Studio ging, um Frau Rados das versprochene Interview zu geben, erzählte sie der Welt, was sich im Vorfeld der sogenannten Zimtrevolution ereignet hatte. Sie berichtete von Zwickenpflugs teuflischem Plan und was sie in seinem Büro belauscht hatte. Dabei kam ans Licht, dass der dicke Minister von alldem gewusst hatte. Er versuchte zwar, sich herauszureden, musste aber trotzdem zurücktreten und wurde nie wieder gewählt.

Das Reporterteam um Frau Rados fand bei seinen Recherchen heraus, dass der Weihnachtsmann aufgrund einer Sonderregelung aus dem Jahre 1908 von jeglicher Steuerlast befreit war. Der Weihnachtsmann war also kein Steuerbetrüger und man hätte ihn niemals so behandeln dürfen. Er war unschuldig.

Die Unstimmigkeiten in den Büchern rührten von den hohen Ausgaben des Finanzamts für die Entwicklung geheimer Waffentechnologien her. Unter anderem hatte man Helikopter und sogar ein elektrisches Katapult bauen lassen.

Lea erzählte von Rink und Tink, von Hamed und Manni. Sie erzählte von ihren Abenteuern im Inneren des Finanzamts und den Riesenhelmen.

Nur eine Sache behielt sie für sich.

Die wahre Identität des Weihnachtsmanns blieb für immer ein Geheimnis, das nur sie und ihre Mutter teilten.

Deshalb ahnte auch niemand, wer der junge Mann war, der am zweiten Weihnachtsfeiertag vor Leas Tür stand und klingelte. Unbemerkt von allen Nachbarinnen und Nachbarn klopften Rink und Tink zur gleichen Zeit am Küchenfenster. Die zwei hätte man durchaus erkannt. Sie waren beinahe so bekannt wie Hollywoodstars und hatten Fans weltweit. Auch E-Mail, der erst davonflog, nachdem Manni ihm einen Apfel gegeben hatte, war berühmt.

Lea war froh, ihrer Mutter die Freunde vorstellen zu können, und niemand störte den besinnlichen Abend. Gemeinsam feierten sie den Sieg der Zimtrevolution (und natürlich Weihnachten).

Im Stillen fragte sich Lea, wie wohl das nächste Osterfest verlaufen würde.

ENDE

IMPRESSUM

Die Zimtrevolution.
Eine außergewöhnliche Weihnachtsgeschichte

FSC
www.fsc.org
MIX
Papier | Fördert gute Waldnutzung
FSC® C002795

1. Auflage

Weyerstraße 88-90
50676 Köln

Text: © Maximilian Pollux
Layout und Coverdesign: BUCH & DESIGN Vanessa Weuffel
Satz: Loreen Lampe Design
Illustrationen: © Juli Waich
Fotos: © Cover-Sticker: Carolin Auer
Projektleitung: Hanna Kirsch
Gesamtherstellung: Community Editions GmbH

ISBN 978-3-96096-245-8
Printed in Latvia

Community EDITIONS

www.community-editions.de